Ingeborg Arlt · Das kleine Leben

Ingeborg Arlt
Das kleine Leben
Erzählung

Aufbau-Verlag

Für Libuše Poliačiková

I

Die große Sache. Eine große Sache, hatte Herr Wannwitz gesagt. Diese Menschen seien für eine große Sache gestorben.

Später hatte ein Wort das andere gegeben, ein scharfes Wort das andere scharfe, ein großes Wort das andere große. Zuletzt war Barbara auch vor „Hiroshima" nicht mehr zurückgeschreckt und Herr Wannwitz nicht vor dem „einfachen Volk". Die große Sache, hieß es wieder, und Barbara schmetterte: Das kleine Leben! – So grundsätzlich wurden sie.

Barbara sah hilfesuchend zu Burkhard, von dem sie keine Hilfe bekam.

Nun ist sie noch immer hilflos.

Sie wälzt sich im Bett herum, möchte gern schlafen. Sie hört schon die erste Straßenbahn fahren. Sie sieht auf die Uhr. Es ist nachts um drei.

Burkhard, der sie vor vierzehn Tagen zu seinen Eltern mitgenommen hatte und dem Hannelores Tod vorhin eingefallen sein *mußte*, hatte, sein Glas in der Hand, eine Weile zugehört, ohne etwas zu sagen. Er blickte von einem zum andern, sah die teils vom Alkohol, teils vom Tanzen geröteten Gesichter ihrer Kollegen, stellte schließlich sein Glas auf den Tisch und fuhr doch noch dazwischen: Nun halt mal die Luft an!

Fast hätte sie das auch getan. Vor Überraschung. Denn Burkhard stand nicht ihr, sondern Wannwitz bei. Burkhard lächelte entschuldigend. Wahrhaftig, er lächelte Wannwitz an! Burkhard verzog das Gesicht und zuckte die Achseln. Burkhard sagte zu ihr: Warum du dich so aufregst, also das weiß ich echt nicht.

Das wußte er echt nicht!

Nun denkt sie nach über unechtes und über echtes Nichtwissen.

Dabei – angefangen hatte der Abend ganz friedlich. Still und geduldig waren sie in Barbaras kleiner Wohnung umeinander herumgegangen auf den kurzen Wegen zwischen Bad, Schrank und Spiegel. Burkhard hatte sie und sie hatte ihn nicht gestört. Die Dusche rauschte wie immer, sein Rasierapparat surrte, die Schranktür klapperte. Und erst als er schon eine Weile gewartet hatte, als er schon sämtliche Schuhe geputzt und auch noch den Fernseher in Ordnung gebracht hatte, was sie auch gut hätte selber tun können, nur war er gekränkt, wenn sie wußte, wo bei einem Koffergerät die Sicherung ist – erst da stand er in der Tür: Also Barbara! Wirst du noch fertig!

Mit energischen Schritten durchquerte er das Zimmer und schaltete ihr das Radio kurzerhand aus, weil sie jetzt nicht an den Wiener Opernball und an die Herren von der Forstakademie, die dort tanzten, in Wien, und mit Mädchen, auch aus dem Volk, wie der Reporter des RIAS betonte, aus der Hefe, weil sie jetzt nicht an die Hefe, sondern an ihre Kolleginnen und ihr Betriebsvergnügen und daran, wie sie dastünden, wenn sie zu spät kämen, und doch auch einmal an ihn, Burkhard, und an seine hellgrauen Hosen denken sollte! Und dann war die Straßenbahn weg durch ihre Schuld. Weil es zwar seine Hosen waren, deren Bügelfalten ihm einfielen zuletzt, aber ihr altes Bügeleisen, das nicht schnell genug heiß wurde, also auch ihre Schuld.

Als sie am Reisebüro vorbeieilten, am Süßwarenladen,

am Kino, am Fischgeschäft, war ihr Schuldgefühl schon wieder verflogen. Von der Dampferanlegestelle kamen ihnen die heimgekehrten Ausflügler entgegen. Der Bürgersteig war sehr schmal. Sie nahm Burkhards Arm und drückte sich an ihn. Auf der Brücke summte sie schon wieder leise „Sobotenka ide" vor sich hin, nur war das kein Russenlied, bitte sehr, sondern ein slowakisches, und es wurde ... Aber Burkhard dankte. Burkhard wollte gar nicht wissen, wie es wurde. Jaja, beschwichtigte sie ihn. Ich bin ja schon still.

Dann näherten sie sich der Schneiderwerkstatt, an der sie jeden Morgen vorbeikam. Du, Burkhard, hast du schon gesehn, was da steht? Da auf den Fenstern?

Aber Burkhard hatte keine Zeit mehr für Milchglasscheiben mit der Aufschrift „Damen und Herren – Maßanfertigung". Er zog die Augenbrauen hoch und holte tief Luft. Mensch, komm doch! Und sie war ein Mensch, und sie kam.

Immerhin verspäteten sie sich dann doch nicht. Schon von weitem sahen sie vor dem Eingang des Hotels Herrn Wannwitz und Frau Großkreuz stehen. Frau Großkreuz war in der Buchhandlung die Gewerkschaftsvertrauensfrau, was nicht hieß, daß Barbara ihr wirklich vertraute, denn Frau Großkreuz maß Damen und Herren mit strengen Blicken und würde ihr Urteil über Scheitel und Sohlen und alles dazwischen im Kollegenkreis später nicht abgeben, sondern fällen.

Guten Abend, Frau Großkreuz. Guten Abend, Herr Wannwitz.

Barbara wußte nicht, ob sie Burkhard vorstellen mußte. Er enthob sie dieser Sorge und stellte sich selbst vor: Flamberg. – Angenehm, Großkreuz. – Flamberg. – Wannwitz. – Frau Großkreuz, angenehm durchaus nicht berührt, denn Burkhards Händedruck war wieder einmal viel zu kräftig ausgefallen, rieb sich verstohlen die

Rechte. Bleiben Sie bitte in der Halle. Wir wollen warten, bis alle da sind. Wir betreten die Gasträume nachher geschlossen.

Es war alles wie immer. Ordnung muß sein.

Nichts, gar nichts hätte darauf hingewiesen, daß Barbara kurz nach Mitternacht betroffen unter der Kukkucksuhr stehn würde, sprachlos, unfähig, all den großen Worten, zu denen sie sich hatte hinreißen lassen, auch nur das kleinste noch hinzuzufügen, hätte es nicht am Eingang des Hotels vor der Gedenktafel schon jenes kurze Vorspiel gegeben.

Daß es sich um ein Vorspiel handelte, denkt sie jetzt. Vor einigen Stunden, als sie neben Burkhard die flachen Stufen emporgestiegen war, hielt sie es für einen ihrer üblichen winzigen Zusammenstöße mit Herrn Wannwitz. Die Gedenktafel war groß, glänzend und schwarz. Während der Rekonstruktion des Hotels hatte man sie abgenommen, nun hing sie wieder an ihrem Platz. Ihre Schrift war erneuert. Sie verzeichnete die Namen von vier im Januar 1919 dort erschossenen Arbeitern. Zwei der Erschossenen waren damals genauso alt wie Barbara jetzt, was ihr zum ersten Mal auffiel. Ich möchte nicht so jung sterben. Sie hatte es zu Burkhard gesagt.

Herr Wannwitz hatte ihre Worte gehört. Er drehte sich auf dem Absatz herum. Seine Stimme klang scharf. Das kann ich nicht akzeptieren, was Sie da sagen. Diese Männer sind für eine große Sache gestorben.

So schnell führt Herr Wannwitz die große Sache im Munde. Gegen die sie doch gar nichts gesagt hatte. Gegen den Tod hatte sie etwas gesagt. Und den hat Herr Wannwitz verteidigt. Mit der großen Sache. Es war nicht zu fassen.

Barbara und Herr Wannwitz bringen einander oft aus der Fassung.

Doch dann war es weitergegangen wie immer.

Wie immer war sie in der Drehtür beim Drehen zu schnell oder beim Gehen zu langsam gewesen, hatte sich jedenfalls wieder die Tür an die Hacken geschlagen. Und in der Halle begegneten sie dann gleich Hartmanns und Kaldyks. Was ich sage, kann jeder hören!, rechtfertigte sich Frau Kaldyk gerade vor ihrem Manne. Weitere Bemerkungen flüsterte sie, denn Barbara und Burkhard kamen direkt auf sie zu.

Guten Abend. Guten Abend. Erneute Begrüßung.

Hinter einer Vitrine stöckelte die junge Frau Wolter hervor. Barbara und Burkhard wollten sich gemeinsam der Garderobe zuwenden, aber auf Zuwendung bestand auch die junge Frau Wolter. Das habe ich mir doch gedacht! rief sie von weitem. Barbara wechselte mit Burkhard einen raschen Blick, zog ihre Jacke aus, legte sie ihm über den Arm.

Das habe ich mir doch gedacht! Guten Abend erst mal.

Guten Abend. Was haben Sie sich gedacht.

Na, daß auch Sie nicht ohne Beziehung leben!

Da allerdings hatte Barbara gedacht: Das fängt ja gut an.

Aber damit hatte sie doch nicht den Anfang vom Ende gemeint, nicht von dem Ende, das dieser Abend dann nahm! Damit hatte sie bloß die junge Frau Wolter gemeint und die Vorstellungen, die die sich machte!

An Mitteilungen wie: daß der junge Herr Wolter demnächst auf Urlaub komme und wie hoch es in Wolters Schlafzimmer dann hergehe, daß es mit der Regel in diesem Monat wieder ganz furchtbar sei oder daß der BH drücke, Mitteilungen von Frau zu Frau sozusagen, hatte Barbara sich ja schon gewöhnt, aber an Frau Wolters Vorstellungskraft immer noch nicht.

Sie könne sich vorstellen, versicherte die junge Frau Wolter, daß Barbaras Männer immer sehr gebildet und feinfühlig seien.

Wieso Männer. Barbara bewegte nervös ihre Zehen. Gequält sah sie sich nach Christine und Günter um, die auch bei den Aquarien, am Souvenirstand und an der Garderobe nicht waren. Schließlich nahm sie Zuflucht mit ihren Blicken bei Burkhard, der an der Garderobe wartete. – Kennen Sie ihn denn schon lange? – Nein, wirklich, sie war froh, als Christine und Günter eintrafen.

Mit den beiden waren Möllmanns, Lorenzens, Fischers und Beckers gekommen, gleich nach ihnen Tygörs, Fialkowskis, Frau Schufft und Herr Götze. Das Begrüßen und Händeschütteln dauerte eine Weile. Hast du ihn mitgebracht? Christine lächelte. Barbara nickte und deutete zur Garderobe hinüber. Na, Fräulein Frey? Lange nicht gesehn. Guten Abend. Tach ook. Wat machen die Liederbücher. Guten Abend, Fräulein Frey. Na? Das Leben noch frisch?

Sie hatte Frau Schufft aus dem Mantel geholfen und für Herrn Becker die Krücken gehalten. Sie versicherte Herrn Möllmann ihre Lebensfrische und erklärte Herrn Fialkowski, daß ihre Liederbuchsammlung wachse und wachse. Und als Günter „Oh!" sagte, das Kinn reckte und an seiner Krawatte herumschob, wandte sie sich um und las ebenfalls das Schild an dem Pfeiler: Wir bitten, unsere Gasträume nur in einer dem Charakter der Umgebung angepaßten Garderobe zu betreten.

Die Umgebung. Die Anpassung. Der Charakter.

Sie hatte ihre Umgebung daraufhin prüfend betrachtet. Schön, nicht? sagte sie zu Christine. Beide kannten sie die Halle noch aus der Zeit vor der Rekonstruktion des Hotels. Sie wirkte früher groß, düster und prächtig. Jetzt wirkte sie hell, weit und geräumig. Die Fenster an der Straßenseite waren verbreitert worden. Statt der vielen Säulen gab es nun einzelne Pfeiler. An den niedrigen Tischen im Hintergrund standen tiefe, mit schwarzem

Kunststoff bezogene Sessel. Zwei große Aquarien leuchteten grün neben der geschwungenen Treppe. Und nur weil Barbara früher einmal in Umgebungen wie dieser die Neigung hatte, Bodenvasen umzureißen, über Teppiche zu stolpern oder gegen Kellner zu prallen, sah sie sich einen Augenblick lang besorgt nach Bodenvasen um. Es standen dort aber keine.

Die Gäste, auf die Herr Wannwitz und Frau Großkreuz vor dem Eingang gewartet hatten, ein Herr von der Zweigstelle des Bezirkes, der mit Herrn Wannwitz befreundet war, später jedenfalls ziemlich viel mit ihm sprach und ihn immerzu Klausi nannte, und eine Dame vom FDGB-Kreisvorstand, die zu Barbaras Verwunderung ebenfalls nicht kampflos durch die Drehtür kam, waren inzwischen eingetroffen. Es hieß schon: Wir gehen.

In die Galerieräume, war damit gemeint. Zu den für die Buchhandlung reservierten Tischen, dem kalten Büfett. In letzter Minute erschienen, abgehetzt und keuchend, auch Solvejg und Julek. Von dem Gespräch, das Frau Großkreuz mit einem Ober führte, hatte Christine das Wort „Sechsertische" aufgefangen. Nun war sie besorgt. Solvejg, bleib hier! Barbara, wo sind denn die Männer!

Die Männer – Günter, Julek und Burkhard – kamen von der Garderobe zurück.

Nachdenklich hatte Barbara Burkhard entgegengesehen. Es war zwischen ihnen nicht mehr so wie am Anfang. Sie hatte einen Mann gernhaben wollen, und er hatte gern eine Frau haben wollen. In letzter Zeit fragte sie sich, ob das nicht ein großer Unterschied ist.

Aber wie er dort kam, ruhigen Schrittes neben dem ein wenig trippelnden Julek, über die blanken braunen und blauen, zu einem Schachbrettmuster gefügten Fußbodenquadrate, da gefiel er ihr sehr. Das blaue Sakko,

die hellgrauen Hosen, die weinrote Krawatte, das weiße Hemd. Du bist angepaßt genug, sagte sie.
Was ist?
Sie deutete auf das Schild.
Bis dahin, denkt Barbara, war er noch mit ihr zufrieden gewesen. Und sie mit ihm. Sie sogar mit Herrn Wannwitz. Der hatte sie erst durch seine Rede verstimmt. Und aus der Verstimmung wurde Ärger, aus dem Ärger bald Zorn, aus dem Zorn schließlich Wut; und wenn Burkhard auch nicht alles verstanden hatte – aber von Hannelores Tod hat er gewußt.
Wie die junge Frau Wolter nachher auf Mozart gekommen war, weiß Barbara nicht mehr. Sie weiß nur noch, daß ein Ober in schwarzem Anzug die Gruppe durch den Saal führte, der ebenfalls viel schöner geworden war nach der Rekonstruktion; daß Christine immerzu darauf achtete, daß sie zusammenblieben, Günter, Burkhard, Julek, Solvejg und sie; daß vor ihnen Tygörs und Herr Götze gingen und noch davor Herr und Frau Fialkowski.
Die junge Frau Wolter hatte also „Don Giovanni" gesehen. Als Film. Nicht als Oper. Was Barbara dazu meine. Ob man den Stoff mit den Mitteln des Films oder denen der Oper optimal einfangen könne. Burkhard sah zur Fensterseite hinüber, wo an einem der weißgedeckten Tische gerade ein flambiertes Gericht serviert wurde. Er hörte nicht zu. Er war nicht so für Kunstwissenschaft.
Der Ober hatte sie durch den Saal in einen anderen Gastraum geführt. Den „Bauernstube" zu nennen, fand Barbara ziemlich bescheiden. Außer ihnen und dem kalten Büfett bot er noch einer kleinen Tanzfläche und drei Musikern Platz. Den ungepolsterten spreizbeinigen Stühlen war ein Herz aus der Lehne geschnitten. An den Wänden hingen Zwiebelzöpfe, Bierkrüge, Wandteller

und eine Kuckucksuhr, die sehr merkwürdig schlug. Die aber schon immer so schlug, schon vor der Renovierung. Die so schlug, wie ihnen Herr Wannwitz erklärt hatte, schon seit er denken könne. Doch seit wann konnte Herr Wannwitz denn denken!

Und seit wann konnte Burkhard es nicht mehr, der noch vorhin, als sie unten standen, vor ihrer Haustür, so tat, als wisse er nicht. Als wisse er weder, was ihr an der Rede des Wannwitz so mißfallen hatte zuerst, noch was sie an dessen Gerede so furchtbar betroffen hatte zuletzt. Von Hannelore aber hat er gewußt.

Beim Hinsetzen hatte es das übliche kleine Gebrodel gegeben. Die wollte bei dem sitzen, doch die nicht bei der. Tygörs zog es zu Fialkowskis, Frau Schufft zu den Hartmanns. Frau Fischer konnte sich von Frau Becker nicht trennen, und Herr Lorenzen nicht von Herrn Möllmann. Frau Möllmann hätte zwar gern bei Christine gesessen, aber auf gar keinen Fall auch bei Solvejg. Und Solvejg, die gar nicht so unverschämt ist, wie Frau Möllmann immer behauptet, die, im Gegenteil, ganz besonders verschämt ist, von einer Verschämtheit nämlich, die ihr nicht erlaubt, Wörter wie „Kummer", „Leid" oder „Schmerz" zu benutzen, die sie statt dessen „Scheiße", „Sauerei" oder „Mist" sagen läßt, und die ihr auch nicht gestattet, niedergeschlagen oder traurig zu sein, sondern höchstens einmal die Schnauze voll zu haben – Solvejg hatte die Schnauze schon beim Hinsetzen voll, denn auf den Platz, den Christine ihr zugedacht hatte, setzte sich flink und strahlend die junge Frau Wolter.

Einen Augenblick lang sah es so aus, als wolle Solvejg den Stuhl unter ihr wegziehn. Christine blickte ratlos zu Barbara und Barbara ratlos zu Christine. Beide wagten sie nichts zu sagen. Die junge Frau Wolter war allein gekommen. Ihr Mann, noch Lehrling vor einem Jahr, leistete zur Zeit seinen Wehrdienst. Julek, als Krankenfahrer im Umgang mit Leidenden geübt, legte Solvejg den Arm um die Schultern und dirigierte sie sanft an den Nebentisch. Nun war noch ein Platz frei. Wo blieb denn der Hausmeister. Barbara rief nach Herrn Götze.

Verehrte Gäste! Liebe Kolleginnen! Lieber Kollege!

Jeder in der Buchhandlung wußte, daß Barbara Herrn Wannwitz nicht mochte. Wenn jemand an diesem Abend bereit war, in seiner Rede Verkehrtes zu finden, dann sie. Schon die Anreden hatte er ihr nicht recht machen können. Lieber Kollege! wiederholte sie boshaft im stillen. So lieb ist Herr Götze ihm gar nicht.

Barbaras Abneigung gegen Herrn Wannwitz war alt. Sie ging auf viele kleine Vorkommnisse zurück. Zum Beispiel auch auf eins, das Frau Wannwitz betraf, die still und elegant am Nebentisch saß. Sie hatte einmal etwas verlegt: eine Streichholzschachtel, mein Gott. Herr Wannwitz mußte die Schachtel morgens lange gesucht haben. Barbara hörte mit an, wie er seine Frau deshalb anrief in deren Betrieb. Wie oft habe ich dir schon gesagt, daß die Streichhölzer immer am selben Platz liegen müssen!

Bei anderer Gelegenheit, als Gabriele und Simone, die Zwillinge, zum ersten Mal ins Ferienlager fuhren und Herr Wannwitz dazu ein Papier ausfüllen mußte, hörte Barbara, wie er seine Frau am Telefon fragte: Erika, sag mal, wann haben unsre Kinder Geburtstag?

Als Herr Wannwitz Barbara noch nicht so gut kannte, rechnete er ihr einmal in einer Mittagspause vor, wieviel Verdienstausfall er haben würde, wenn er sich zur Parteischule schicken ließe. Ein andermal, zur Woche des Buches, erklärte er ihr, wenn er Zeit hätte, würde er auch ein Buch schreiben, und zwar etwas Spaßiges, etwas Humoristisches. Da sei noch eine Marktlücke. Da sei was zu holen.

Es gibt Dinge, bei denen versteht Barbara keinen

Spaß. Wenn Herr Wannwitz vor allem aufs Holen aus ist, hat sie keinen Sinn für Humor. Sie kann ihn nicht leiden. Sie kann ihn nicht leiden. Sie kann ihn nicht leiden.

Verehrte Gäste! Liebe Kolleginnen! Lieber Kollege! Im Berichtszeitraum, in den Wochen und Monaten, die nun hinter uns liegen ...

Es war eine lange Rede, die Herr Wannwitz hielt, und sie stand auf dünnen lindgrünen Blättern. Herr Wannwitz hielt die Blätter in Höhe seines Bauchs. Er ist weitsichtig, worum ihn Solvejg, die kurzsichtig ist, immer beneidet. Wenn Solvejg eine Rede abliest, sieht es jeder. Herr Wannwitz steht da und blickt eben ab und zu mal nach unten. Dafür ist, daß er abliest, zu hören. An vielen Genitiven und an der Eintönigkeit.

... im Sinne der Verwirklichung des Beschlusses des Politbüros des Zentralkomitees der SED, die Aufgaben der Literatur und der Kunstkritik sowie deren Einfluß auf die Ausprägung der sozialistischen Lebensweise und die sozialistische Persönlichkeitsentwicklung betreffend, haben wir auch in den zurückliegenden Monaten wieder ...

Es war eine Rede mit „ausgehend von" und „bezugnehmend auf", eine Rede mit „erhöht", „vertieft", „erweitert" und „entfaltet". Und während sich Herr Wannwitz entfaltete, begann man an einigen Tischen zu rauchen. Hier und da gluckerte ein Getränk in ein Glas. Ab und zu hörte man das dumpfe Schwingen der Pendeltür von jenseits des Flurs. Die drei Musiker flüsterten miteinander und verließen den Raum. Günter griff nach dem Flaschenöffner. Selters, Christine, oder Cola? Christine wollte Selters, Barbara Cola. Frau Wolter? Nein, danke, die wollte nichts. Burkhard und Herr Götze? Die wollten auch nichts.

... daß der Plan in allen wesentlichen Punkten erfüllt wurde. Natürlich würde Herr Wannwitz nie sagen, daß der Plan nicht erfüllt worden war. Das Nichterfüllte betraf nur einzelne Punkte und war unwesentlich.

Solvejg am Nebentisch kippte den Stuhl und lehnte sich so weit wie möglich zurück. Sie flüsterte Barbara etwas ins Ohr.

... bedeutender Beitrag ... im Rahmen der ... noch intensiver im Mittelpunkt stehen ...

Tomatensuppe, flüsterte Solvejg, sei aus Tomaten; Schildkrötensuppe sei aus Schildkröten; aber auf der Speisekarte stehe Rembrandtsuppe – Burkhard stieß Barbara in die Rippen. Frau Großkreuz warf Solvejg einen strafenden Blick zu.

Und dann ging es los! Dann kam der Teil der Rede, mit dem es angefangen hat, wie Barbara jetzt findet. Denn es ging ja nicht allein um den Toten. Es ging ja auch um die Leichtigkeit, mit der Herrn Wannwitz all die Worte von den Lippen kamen. Auch die anderen Kollegen waren unruhig geworden. Hier und da wurde geflüstert. Achseln wurden gezuckt, Gesichter verzogen, Augen verdreht, von Tisch zu Tisch Blicke gewechselt. Frau Wannwitz, als sei sie im Bilde und schäme sich für ihren Mann, senkte den Kopf und blickte auf das Tischtuch vor sich. Und die Dame von der Gewerkschaft, die dann doch keine Dame war, wie Barbara nun anzuerkennen bereit ist, die gar nicht angepaßt war und maßgefertigt, sondern neugierig über die Maßen, die Frau vom Gewerkschaftskreisvorstand also hatte gespannt und aufmerksam von einem zum andern gesehen. Gar zu gern hätte sie gewußt, was das zu bedeuten hat, diese Unruhe ringsum. Solvejg machte grimmig und halblaut: Ach so!

Aber bei den halben Lauten blieb es noch. Von niemandem wurde Widerspruch laut. Die zentrale Kasse, von deren Einführung Herr Wannwitz da schwärmte und die Solvejg, Barbara, Frau Hartmann, Frau Kaldyk, Frau Bekker, Frau Fischer und die junge Frau Wolter vor vielen

Monaten gewollt und verteidigt und die Frau Lorenzen, Frau Großkreuz und Frau Möllmann zwar auch gewollt, aber nicht verteidigt hatten, weil Herr Wannwitz diese Kasse nicht wollte – sie hatten sie ja schließlich bekommen. Mochte er reden. Sie hatten die Kasse, und damit wars gut.

Damit war es nicht gut, wie Barbara nun weiß. Jedenfalls nicht für sie. Für Burkhard schon. Warum du dich so aufregst, also das weiß ich echt nicht. Burkhard ist da wohl anders als sie.

Er ist sehr anders! Vor vierzehn Tagen war sie mit ihm bei seinen Eltern in Pritzwalk gewesen. Und abgesehen von dem Satz, den ihr seine Mutter unter vier Augen an der Hoftür sagte und der ihr seitdem nicht aus dem Kopf geht: Wenn ihm etwas passiert – Sie können sich einen neuen Mann nehmen, ich mir nicht einen neuen Sohn! –, abgesehen von diesem einen Satz hat sie nun auch noch mit all den anderen zu ringen: Unsern Burkhard nehmen die Frauen bloß aus. Arbeitsam ist er nur einmal. Unser Junge ist viel zu gut.

Seiner Mutter ist er zu gut und ihr nicht gut genug. Das will erst einmal überdacht sein.

„Tanz durch die Nacht, tanz durch die Nacht, frag doch nicht, was geschah." Es war einer von Dvořáks slawischen Tänzen aus Opus 72, dem das geschah, dem man solchen Text unterlegt hatte. Aber Musik und Tanz – das war später. Zunächst kam noch die Rede, die der Herr vom Bezirk hielt. Er möchte, so hatte er erklärt, die Gelegenheit nehmen, gleich noch ein paar Worte hinzuzufügen; nach zwanzig Minuten war er immer noch bei den paar Worten. Dann war das Überreichen der Urkunden gekommen, eine für Herrn Wannwitz und eine, die den Schaufensterwettbewerb betraf, für Christine. Und dann die Blumen und das kalte Büfett.

Die Zeit, in der viele Sätze Burkhards mit „das ist"

und „das nennt man" begannen, war glücklicherweise vorbei. Das ist eine Beilegegabel. Das nennt man einen Aperitif. – Ihre Kindheit lag mehr als zwanzig Jahre zurück. Inzwischen wußte sie eigentlich, wozu Servietten da sind und wozu Fischbestecks und daß Sago ein Stärkeprodukt ist und nicht etwa Froschlaich; aber Mühe hatte Burkhard auch diesmal mit ihr. Nach dem Gang zum kalten Büfett war sie schon wieder einmal nicht mehr unbefleckt.

Steh mal auf! Steh mal auf! Er mußte es zweimal sagen vor lauter Entsetzen. O Mann! Menschenskind, nun sieh dir das an!

Sie sah es sich an. Gehorsam blickte sie über ihre Schulter nach unten auf das Stück ihres Kleides, das Burkhard ihr vorhielt. Mann, Mann, wie machst du das bloß!

Sie wußte auch nicht, wie es ihr gelungen war, sich auf ein Schinkenröllchen zu setzen.

So könne sie nicht tanzen. Wie sehe das aus.

Sie war zwar nicht der Meinung gewesen, daß alle Leute ihr beim Tanzen aufs Hinterteil starrten. Aber sie kannte Burkhard. Er litt da tatsächlich. In solchen Dingen war sie robuster als er.

Es war ja auch nicht langweilig gewesen, bei Herrn Götze zu sitzen, sich eins seiner Zigarillos anbieten zu lassen, das man möglichst erschreckt ablehnen mußte, und sich erzählen zu lassen, wie die Stadt vor dem Krieg aussah. Oder mit dem Stuhl ein Stückchen weiterzurücken, zu Frau Kaldyk, die sich vor wenigen Wochen erst als Schwiegermutter eines Arztes zu erkennen gegeben hatte, und sich unterrichten zu lassen davon, wer mehr ist, ein Oberarzt oder ein Chefarzt.

Frau Kaldyk hatte aber nur fragen wollen, ob Burkhards Mutter eine geborene Rehbein sei. Der junge Mann komme ihr so bekannt vor.

Barbara weiß, daß ihr erst gegen elf die Kuckucksuhr wieder einfiel. Vorher hatte sie noch einmal Mozart vor der jungen Frau Wolter zu beschützen versucht. Deren Fragen behagten ihr nicht. Ob der Erzbischof von Salzburg Mozart den Fußtritt geben ließ oder ihn eigenfüßig zur Tür hinauswarf. Ob Konstanze Weber für Mozart nicht ein paar Nummern zu klein gewesen sei. Ein paar Nummern! Barbara kannte sich kaum in den Konfektionsgrößen aus! Weiß ich nicht, knurrte sie, worauf Frau Wolter erklärte, sie liebe an Mozart das Leise, die Zwischentöne. Und dann ganz wild wurde auf die Zwischentöne und Barbara Zigarettenrauch ins Gesicht blies.

Erst als die Uhr elf schlug, hatte sie es wieder gehört. Die Musiker machten grad eine Pause. Der Kuckuck rief Kuckuck – und dennoch: etwas stimmte da nicht.

Sie beschloß, beim nächsten Stundenschlag ganz genau hinzuhören.

Kurz vor Mitternacht, einige, darunter auch die Frau vom FDGB-Kreisvorstand, waren schon nach Hause gegangen, stellte sie sich – Fettfleck im Kleid hin, Fettfleck her – möglichst nah vor die Uhr. Sie achtete auf nichts als das Türchen. Dort mußte der Holzvogel wieder erscheinen. Burkhard, der soeben Christine vom Tanzen zurückgebracht hatte, wurde von Herrn Großkreuz angesprochen. Beide Männer, dazu auch Herr Wannwitz und der Herr vom Bezirk, sahen zur getäfelten Decke empor.

Weil Barbara so sehr auf die Uhr achtete, hatte sie den Anfang des Gespräches nicht gehört. Zwar waren Worte wie „gefälzt", „Gehrung" und „anpassen" an ihr Ohr gedrungen, aber verstanden hatte sie nur, daß das Anpassen am schwierigsten ist, und Herr Wannwitz hatte den Mann, der die Decke täfelte, also gekannt. Früher Gerüstbauer, dann Tischler, aha. Vater von vier Kindern, na fein. Und von unheimlicher Intelligenz, dieser Mann.

Warum Herrn Wannwitz Intelligenz unheimlich ist, wollte sie aber nicht wissen. Was mit diesem Kuckuck ist, wollte sie wissen. Er mußte gleich erscheinen. Das Rasseln, das ihn ankündigte, hörte sie schon.

Und da war er. Und da merkte sie es. Im Schlagwerk der Uhr waren die Pfeifen vertauscht. Die Uhr schlug zuerst den tiefen, dann erst den höheren Ton. Sie schlug die kleine Terz aufwärts. Diese Uhr schlug in Moll.

Und dann, weiß sie noch, war es auch schon passiert. Jene drei Worte von Herrn Wannwitz über den Selbstmord des Tischlers und ein halbes Dutzend von ihr. Eine scharfe Antwort von Herrn Wannwitz, eine noch schärfere von ihr. Sie habe ja keine Ahnung. Und das wisse sie besser als er. Wer sei sie denn. Und was denke er sich. Von maßgefertigten Menschen war plötzlich die Rede. Vom Piloten, der die Bombe auf Hiroshima warf. Und die Gedenktafel rief sie ihm wütend vor Augen. Zu Tanzmusik und in Rauchschwaden, leere Flaschen und volle Aschenbecher vor ihnen auf dem Tisch, war plötzlich vom Sterben und Leben die Rede. Bis Burkhard sagte: Nun halt mal die Luft an! Warum du dich so aufregst, also das weiß ich echt nicht. Bärbel, ich muß endlich einmal reden mit dir.

Christine hatte ein paarmal versucht, sie oder Herrn Wannwitz zu unterbrechen. Bärbel, laß doch! Komm! Setz dich hin! – Lassen Sie sie doch endlich in Ruhe! – Sonst wagte niemand, sich einzumischen.

Die junge Frau Wolter, die Barbara ihre Freundschaft angedroht hatte nach drei Gläsern Sekt, rauchte und schwieg, rauchte und schwieg. Und alle, die so nach und nach aufhorchten, stehenblieben, im Tanzen verhielten, hatten ja nicht den Anfang, jene drei Worte von Herrn Wannwitz gehört. Hatten ja nichts von Hannelore gewußt. Nur Burkhard. Der aber mußte endlich reden mit ihr.

Er redete schon, als sie sich gerade erst verabschiedet hatten und die Musik, die wieder einsetzte, noch hörten. „Plaisir d'amour" spielten sie in der Ferne, dann etwas, was sie nicht kannte, dann eine Beethovenadaption. „Durch Nacht zum Licht", dachte sie wütend, läßt sich ja auch von Nachtfaltern sagen!

Und er redete noch, als sie schon den Platz am Busbahnhof überquerten, als sie schon einbogen in die Straße der Solidarität, sich ihrer Haustür schon näherten, vor der Burkhard feststellte: Du machst ja aus allem gleich ein Problem!

Und damit stand sie dann da, vor ihrer Haustür, nachts kurz nach eins. Aus dem Tod eines Mannes, aus einem einfachen Selbstmord, machte sie gleich ein Problem!

II

Das habe ich mir doch gedacht, daß auch Sie nicht ohne Beziehung leben. Sicher sind das immer sehr feinfühlige gebildete Männer. Kennen Sie ihn denn schon lange?

Der jungen Frau Wolter hatte sie nicht sagen können, daß sie einmal einen Handwerker brauchte. Daß damals, kurz nach dem Einzug in ihre neue Wohnung, sich hier und da noch kleinere Mängel herausgestellt hatten, die leicht zu beheben waren, und daß Burkhard damals auch Mängel behob, die nun wirklich kein Arbeitsauftrag nannte!

Er war so freundlich gewesen, ihr Löcher in die Wände zu bohren. Er hatte ihre Bilder mit Schrauben und Dübeln befestigt und die immerhin dreieinhalb Meter lange Blende an die Gardinenleiste genagelt. Er hatte das alles schnell erledigt. Nur mit dem Auftrag des VEB Gebäudewirtschaft, mit dem Abfluß im Bad, ließ er sich Zeit.

Er müsse die Rohre dort schweißen und biegen. Er komme morgen wieder. Wann sei sie denn da.

Am nächsten Tag hatte sie in der Tür gestanden und ihm zugesehen, wie er im Bad auf den Fliesen lag und ächzte und stöhnte. Die Stelle unter der Wanne war schwer zugänglich. Es machte ihm Mühe. Er tastete mit der linken Hand nach dem Werkzeug. Den Kopf konnte er in dieser Lage nicht drehn. Was brauchen Sie denn!

Sie reichte ihm, worum er sie bat. Sie hob die Gasflasche übers Toilettenbecken, damit er nicht aufzustehn brauchte. Sie hielt nach seinen Kommandos die Lampe. Bei alledem unterhielten sie sich.

Ob es nicht schwer sei, als Frau, so allein.

Die Frage kannte sie schon. Sie sagte trotzdem die Wahrheit: Ja, manchmal schon.

Nun ist ja Alleinsein für niemanden gut. Auch für hilfsbereite Handwerker nicht, wie sie später erfuhr. Doch als er aufstand, machte er den Eindruck eines zufriedenen Menschen. Er klopfte sich die Knie ab, sammelte sein Werkzeug ein, drehte den Wasserhahn auf. Das Wasser lief ab. Fertig, sagte er. Na? Ein Mann ist eben nicht zu verachten.

Genau das hatte sie gerade gedacht.

Trotzdem hatte sie ihn gehen lassen. Trotzdem hatte sie so getan, als habe sie weder Blicke noch diesen und jenen Unterton, als habe sie nichts gemerkt.

Er war schon auf dem nächsten Treppenabsatz, als sie die Wohnungstür noch einmal aufriß. Einen Moment! Wie sind Sie denn zu erreichen!

Er war sehr schnell zu erreichen gewesen.

Ein paar Sprünge die Treppe hinauf. Mann, Gasflasche, Werkzeugtasche – alles wieder in ihrem Korridor. Ein paar kräftige Arme um sie. Eine Zunge in ihrem Mund. Ein Knie – Barbara, die das so eigentlich nicht gemeint haben wollte, war sich dessen plötzlich nicht mehr sicher. Laß mich los. Ich will ja schon. Ich möchte nur wissen, murmelte sie – das war etwas später, da brachte sie ihm schon ein sauberes Handtuch ins Bad –, ich möchte nur wissen, wie andere Frauen, die allein leben müssen, damit fertig werden. Sie jedenfalls werde nicht damit fertig.

Und dann war Burkhard mit ihr fertig geworden.

Ob sie Burkhard schon lange kennt! Jetzt, nach dem Betriebsfest, fragt sich Barbara: Kennt sie ihn überhaupt!

Es ist wahr: er hatte sie damals mit ungewohnter Fürsorge irritiert. Nicht nur, daß er hinterher noch geraume Zeit bei ihr blieb. Er fragte sie auch, ob sie bequem liege. Sie solle den Kopf noch mal heben. So, da habe sie ein Kissen. Ein Kissen war auch anderen schon eingefallen, aber nicht für den Kopf! Dann hatte er, was ihr auch ungewohnt war, sich ein bißchen beklagt. Wie langweilig seine Sonntage seien. Daß er nicht immer angeln gehn könne. Oder am Auto bauen. Sport treiben. Oder irgendwelchen Kumpels zur Hand gehn. Seine Scheidung sei lange genug her. Er würde es noch einmal riskieren.

Und er hatte sie nicht nach anderen Männern gefragt! Sie, die doch in solchen Fällen eine Wißbegier gewohnt war, die ihr folgte bis in die Küche, die am Türpfosten lehnte, fragend, ob sie mal fragen darf, und die, auch wenn sie nicht durfte, fragte, wie viele dem ersten schon folgten. Warum der erste der erste war. Wann man sie in die Schule nahm, aus der sie nicht plaudern wollte.

Nichts von alldem bei Burkhard. Bei ihm klangen die Fragen ganz anders. Ob sie nicht doch noch eine Arbeit habe. Etwas zu bauen oder zu reparieren, meine er. Nein? Nicht? Auch nicht im Keller? Auch nicht auf dem Balkon? Und Haken unterhalb der Brüstung für die Wäscheleine – wie wäre es damit? Achtundzwanzig null achtundzwanzig, wenn sie ihn anrufen wolle. Apparat fünf fünf neun. Trotzdem hatte sie damals gedacht, sie würde nicht anrufen.

Bloß, das hatte sie nicht der jungen Frau Wolter erzählen können. Daß sie diesen Mann, den sie wohl doch nicht ganz kennt, anfangs auch gar nicht kennenlernen wollte. Daß sie ihn gehn ließ, zum zweiten Mal an der Wohnungstür stand, während er winkte auf dem nächsten Treppenabsatz. Sie winkte auch und verbarg, wie mutlos sie war. Denn zwar, daß Männer Frauen brauchen, hatte sie oft genug am eigenen Leibe erfahren. Und daß Frauen Männer brauchen, genauso oft am eigenen Leibe. Sie hatte auch gewußt, daß man mehr wollen kann als diese Leibeigenschaft. Aber Männer, hatte sie traurig gedacht, lieben richtige Frauen; und sie war keine richtige Frau.

Von manchen Dingen ist Barbara überzeugt. Von manchen Dingen ist sie so überzeugt, daß sie ihrer Überzeugung entsprechend auch handelt. Barbara kennt das Leben nicht, sagen manche.

Wenn sie es ihr ins Gesicht sagen, lächelt Barbara nachsichtig und schweigt. Zu ihren Überzeugungen ist sie durch das Leben gekommen. Und zwar durch das ihre. Durch das eigene kleine, das mit einer Geburt anfing, die ihr geschildert wurde von der Mutter: als außerordentlich schwierig, noch dazu an einem Freitag dem Dreizehnten, so daß sie, die Mutter, vierunddreißigjährig, zum zweiten Mal ein Kind zur Welt bringend – der Junge, vor einem Jahr im selben Monat, aber am Siebenten geboren, kam tot zur Welt – so daß sie, die Mutter, schon dachte, das halte sie nicht aus und nicht durch, das nehme kein Ende, oder wenn, dann jedenfalls nur noch ein böses.

Das auch mit den Eltern anfing, die an diesem Tag heulten. Ein Kind, rund und gesund, acht Pfund schwer, das die Hebamme hoch nahm, es den anderen Wöchnerinnen zeigte. Seht mal her, das ist ein neugeborenes Kind! Es sah aus wie schon drei Monate alt, würde die Mutter später behaupten. Und es war, wie sich's die Eltern gewünscht hatten, diesmal ein Mädchen. Acht Pfund schwer. Acht Schnäpse, sagte der Vater zur ersten Besuchszeit, habe er darauf getrunken, für jedes Pfund einen. Dann beweinten sie die acht Pfunde noch einmal. Alle beide. Vor Glück.

Es fing auch, Barbaras Leben, mit dem Ort an, an dem sie aufwuchs. Und der nicht der Geburtsort war. Mitnichten Berlin, mitnichten die Großstadt. Sondern ein Städtchen mit Katzenkopfpflaster und Fachwerkhäusern, mit Rotdorn und Linden, mit einem Kriegerdenkmal vorm Postamt, einem Friedhof neben dem Krankenhaus, einer Brauerei und einer Hefefabrik und mit einem Flüßchen, das mehr wie ein Graben aussieht und das auch so heißt.

Wilkenitz liegt am Sonntagsgraben. Wilkenitz hat einen Wolf im Wappen und einen Treppenberg vor der Stadt und einen Stadtwald und ein Schlößchen am Trintsee. Es fing, Barbaras Leben, auch mit dem Lastwagen an, der in Wilkenitz hielt.

Und der Mutter und Kind in die Stadt brachte bei glühender Hitze. Frau, Kind und Möbel zu dem Mann, der auf das Seine schon wartete. Er half der Frau beim Absteigen, ließ sich das Kind geben, drückte es an sich einen Augenblick lang. Schon zweiundfünfzig war er und zum erstenmal Vater. Dann gab er Anweisungen, den Männern, die beim Abladen halfen.

Viel, fünf Jahre nach Kriegsende, war es ja nicht, was sie ins Haus zu tragen hatten. Sie waren bald fertig damit. Über der Tür, durch die sie hin und her keuchten, glänzte ein neues metallenes Schild. „Wilkenitzer Holzverarbeitungsbetrieb" stand darauf, dazu noch der Name des Vaters. Es fing auch mit dem Betrieb an, ihr kleines Leben, mit dem Glauben des Vaters, nun habe er es geschafft.

Denn wie ein Anfang sah es immerhin aus. Lebensmittelmarken, wieder leidlich zu essen, mehr als nur ein Dach über dem Kopf: Wohnung, Büro, Schuppen, Maschinenraum, Lager. Neun Tischler, drei Angestellte, letztere weiblich. Bretter auf Bretter gestapelt im Hof. Couch- und Sesselgestelle, die abgeholt werden von

Fuhrwerken und Autos, transportiert nach Teterow, Parchim, Lübz, Perleberg, Wittstock. Mit einer Sorte Beize, besonders gut, nur auf dem schwarzen Markt zu erwerben, war das Kind eines Tages zu helfen bemüht.

Es füllte Wasser aus seinem Gießkännchen zu dem braunen Zeug in der Flasche. Es rührte Sand und Steinchen dazu und begann, mit dieser Mischung das erste Sesselgestell zu bepinseln. Dann war die Mittagspause vorbei. Die Tischler und der Vater kehrten zurück. Dann hörte man den Vater schimpfen und das Kind schreien. Dann, das Kind, vorsichtshalber, schrie lauter, eilte in wehender Schürze die Mutter herbei. Das Sesselgestell, mittels Sandpapier, war noch zu retten. Die Beize war es nicht mehr.

Ob, zum Donnerwetter noch mal, sie denn nicht aufpassen könne, wohin das Kind geht!

Er solle die Werkstatt abschließen, verteidigte sich die Mutter.

Wieso er, empörte sich der Vater. Sie sei die Mutter. Oder etwa nicht!

Doch. Daß sie die Mutter ist, gab sie zu.

Ach, die Zeit, die man früheste Kindheit nennt! In der es das alles noch gab: Vater und Mutter, einen Schäferhund, einen riesigen Hof, Nachbarskinder, die mit dem Kind spielen wollen (später wolln sie es nicht mehr), Leute, die die Mutter in der Stadt freundlich grüßen (später tun sie es nicht mehr), das Gackern der Hühner, das Kreischen der Sägen, den Geruch nach frischem Holz überall.

Und daß das alles zu Ende war plötzlich! Daß der Vater sich nächtelang einschloß in seinem Büro oder nächtelang angeln fuhr, bis sich herausstellte, daß es die rundliche Blaschek war, die ihm an die Angel ging in den Nächten, oder er ihr, was dasselbe war für die Nachbarn, die Tischler, die anderen Angestellten, nur nicht für Barbaras Mutter, nur nicht für Annemarie Frey, seine Frau.

Ach, seine Frau, die von all dem anderen nichts wußte. Von der Konkursmasse der Firma Gilbert & Dorsch aus Berlin. Davon, daß die Wilkenitzer Filiale, die der Vater geleitet hatte, doch dazugezählt wurde, von Manipulationen mit Papieren, von denen sie ohnehin nichts verstand.

Wenn der Mann von Kredit sprach, so würde es stimmen. Nicht an Schulden dachte sie, als sie ihn einmal in der hintersten Hofecke fand: auf Brettern hockend, hinter einem Bretterstapel verborgen, die Arme auf die Knie und den Kopf auf die Arme gelegt und so schluchzend, daß er das Kommen seiner Frau überhörte.

Richard! Richard, so sag doch was! Richard, was ist denn!

Was ist, hat er ihr niemals gesagt.

So daß sie nicht an Schulden denken konnte, sondern glaubte an Schuld. Und glaubte, ihm ja verzeihen zu können, als er wieder zu Hause blieb in den Nächten, als er wieder spazierengehen wollte mit Frau und mit Kind. Natürlich konnte man den Mittagsschlaf der Kleinen auch abkürzen. Selbstverständlich konnte man auch auf die Festwiese. Und am liebsten würde man sich dieses Datum merken, dieses Jahr dreiundfünfzig, den Ersten Mai.

Die Festwiese. Die Wilkenitzer im Sonntagsstaat. Die Schalmeienkapelle vom Vormittag durch eine Gruppe blechblasender älterer Herren ersetzt. Eierlauf, Topfschlagen, Sackhüpfen für die Kinder. Für die Erwachsenen Bierzelt, Schießstände und Buden aller Art. Und da inmitten Barbaras glückliche Mutter, nicht ahnend, was das für eine Extrawurst war, die der Vater am Bratwurststand aß, worauf er in Wirklichkeit zielte, als er ihr die Papierrose schoß, daß es ein Abschiedsfest war, das er zu feiern gedachte.

Er schickte sie am Abend nach Hause. Sie solle das Kind schon ins Bett bringen. Er komme dann auch gleich. Und dann kam er nie mehr.

Statt seiner kamen Männer, die sein Büro versiegelten. Die die Fahrräder beschlagnahmten, den Laubenherd, den gummibereiften Handwagen. Sie verschlossen die Werkstatt, aus der sich in der Nacht zuvor die Tischler schon herausgeholt hatten, was ihnen brauchbar erschien, Handsägen, Hobel, Stecheisen. Barbaras Mutter, die in Nachthemd und Mantel dazukam, wurde gepackt und in den Hof gestoßen. Mach ja, daß du wegkommst! Halt ja dein Maul, du!

Andererseits sollte sie mit der Sprache heraus.

Die das Büro versiegelt hatten, wollten ihr damals nicht glauben, daß sie von alldem nichts wußte. Betrug, Unterschlagung, Vorbereitung der Republikflucht – und Sie haben davon nichts gewußt?

Immer wieder mußte sie ihnen erzählen, wie es war, als sie merkte, daß alles Geld im Haus fehlte. Auch das aus ihrem Portemonnaie. Auch das aus der Sparbüchse des Kindes, in der sie nur noch sechsundzwanzig einzelne Pfennige fand. Daß sie sich dann zwölf Mark von der Nachbarin borgte.

Zuvor aber war sie in den Stadtwald gelaufen, die Wäscheleine in der Tasche, durch den Wald und wieder aus dem Wald und weiter und immer weiter, die ganze Nacht, bis sie sich setzte irgendwo und einschlief vor Erschöpfung. Bauern aus Utemannshof weckten sie.

Es war die erstbeste Arbeit, vielmehr die erste und für sie nicht die beste, Steine auf ein Gerüst schleppen beim Bau, die sie annahm, nur um die zwölf Mark der Nachbarin schon am Wochenende zurückzahlen zu können.

Auch mit dem Geld, das die Mutter nicht hatte, fing es an, Barbaras Leben, das kleine. Durch das Barbara zu ihren Überzeugungen kam.

Das fehlende Geld. Und die Tapferkeit der Mutter.

Im Wald oder hinterm Wald, in jener Nacht jedenfalls, die Wäscheleine noch in der Tasche, schwor sich die Mutter, es nicht auch noch im Stich zu lassen, das Kind.

Das eine Fußbank trug, weil es helfen wollte beim Umzug. Das bald beschimpft werden würde, wenn es den Weg durch das Vorderhaus nahm. Das durchs Tor gehen sollte. Nicht mit dem Ball spielen sollte. Nicht laut sein sollte. Nicht singen sollte. Das Kind, obwohl es sah, daß im Hof Wäsche hing, spielte doch mit dem Ball. Das Kind sang trotzdem, und zwar laut.

Das fehlende Geld. Die Tapferkeit der Mutter. Das Seltene winziger Genüsse.

Als Kind hatte die Mutter einmal eine Knoblauchwurst zum Geburtstag bekommen, ungefähr wie eine Bockwurst so groß. Nun leistete sie sich einmal im Monat, an ihrem Haushaltstag, aus der HO-Imbißstube den Bohnenkaffee. Von einer Weißbekittelten in das mitgebrachte Kännchen gefüllt. Das Kännchen in ein dickes Handtuch gewickelt. Das Ganze eilends nach Hause getragen, zu dem kleinen runden Tisch, der vorher gedeckt worden war. Und auf dem das Kännchen dann umkippt. Das Kind versteht nicht, warum die Mutter so weint.

Die schwere Arbeit der Mutter.

Steinbrucharbeiter der Großvater, Tagelöhnerin die Großmutter, die Mutter nun Bauarbeiterin, Hilfsschlosser, Forstarbeiterin, immer Arbeiterin im blauen Arbeitsanzug. Bevor sie sich morgens von ihrem Kind trennt, hat sie schon gestopft, geflickt, gefegt, gewischt und das Kind gelobt, das sich allein anziehen kann. Nur die Zöpfe muß sie ihm flechten. Einmal kann sie das nicht. Sie krümmt sich, hält sich am Stuhl fest. Sie gibt die roten Schleifen dem Kind in die Hand. Sag im Kindergarten, die Tante möchte dich kämmen. Sag, daß die Mutti krank ist. Und das ist sie dann gründlich.

Das Kind, aus dem Kindergarten nicht abgeholt abends, wird in die Wochenkrippe gebracht. Dort kann es schlafen. Nach drei Tagen kümmert sich ein Amt um das Kind.

Barbara wird nach Potsdam ins Kinderheim gebracht, wo sie das Abendbrot täglich erbricht. Es ist die Mahlzeit, die sie sonst mit der Mutter einnahm. Die Erzieherin erkennt den Zusammenhang nicht. Das Kind wird gescholten und schließlich geohrfeigt.

Die Mutter im Krankenhaus unterdessen liegt auf Leben und Tod. Letztlich bleibt sie am Leben.

Für die wochenlange Arbeit der Ärzte, die Pflege, die Medikamente muß sie nicht einen Pfennig bezahlen. Sie bezahlt die Entlassung, die vorzeitig, auf ihren dringenden Wunsch hin erfolgt, denn niemand hatte ihr sagen können, wo ihr Kind sich befindet, das Kind sei gut aufgehoben, wußte man nur – sie bezahlt das Laufen, Fragen, Weinen, Telefonieren, die drei Tage dauernde Ungewißheit mit einem Rückfall.

Diesmal nimmt Frau Streck das Kind zu sich, die Fürsorgerin, die es aus Potsdam geholt und wieder zur Mutter gebracht hatte.

Barbara besitzt ein Foto von der Mutter aus jenem Jahr. Darauf trägt sie den schwarzen Wintermantel mit dem Kaninchenfellkragen, in dem sie damals an der Bushaltestelle stand. Eine Stunde zu früh. Es war dunkel, Januar. Der Bus aus Potsdam kam abends. Frau Streck hatte Barbara herausgehoben und aufs Pflaster gestellt. Barbara hörte die Mutter rufen. Sie hielt die Arme ausgebreitet, die Mutter. Sie lachte und weinte. Bärbel! Bärbelchen!

Barbara rannte.

Wie war sie tapfer, die Mutter. Und wie schwach war sie, wie allein, wie hilflos, wie arglos. Sie war so, wie Barbara es gar nicht ausdrücken kann.

Denn mit welchem Ausdruck soll sie den Ton belegen, wie soll sie sie nennen, die Art des Briefes, den die Mutter an Wilhelm Pieck schrieb, nachdem alle Versuche, die Ratten aus ihrer Wohnung zu vertreiben, nicht die gewünschten Ergebnisse gebracht hatten! Sie kamen ja immer wieder. Sie kamen von den Toiletten des Kinos, auf dessen Hof sich die Wohnung befand. Das Kino war alt, die Toiletten Plumpsklosetts. Die Fäkaliengrube grenzte an das Fundament ihrer nicht unterkellerten Küche.

Sehr geehrter Herr Präsident, schrieb die Mutter. Und dann schilderte sie, wie die Ratten, wenn sie vom Hof aus die Küche betrat, vom Küchenschrank sprangen. Sogar die Seife angeknabbert hätten sie schon. Sie traue ihnen alles zu, auch, daß sie ihr noch die Tochter anbeißen. Welche Angst sie habe, das Kind allein in der Wohnung zu lassen. Daß Ratten sich an Kindern vergehen, habe man doch schon manchmal gehört.

Bitte lassen Sie, schrieb sie, mich einmal persönlich zu Ihnen kommen, oder schicken Sie Herrn Ministerpräsident Otto Grotewohl her.

So einen Brief schrieb damals die Mutter.

Und dann berichtete eine Zeitung davon. Dann kamen Herren zur Mutter, erschrocken, bestürzt, entsetzt geradezu. Natürlich müsse sie eine andere Wohnung bekommen. Warum sie denn nicht gleich zu ihnen gekommen sei. Aber das war sie.

Burkhard, denkt Barbara und schüttelt nun schon zum dritten Mal ihr Kopfkissen auf, Burkhard, den sie vorhin einfach stehnließ vor ihrer Haustür, weil er beim Betriebsfest dem Wannwitz beigestanden hatte und danach endlich einmal reden mußte mit ihr, Burkhard ist ganz anders aufgewachsen als sie.

Zwar Wilkenitz oder Pritzwalk – das ist gehupft wie gesprungen. Kleinstadt ist Kleinstadt. Aber Siedlungshaus hier und Hinterhof da. Hier ein Vorgarten mit Sonnenschein, dort ein einziges Zimmer, nach Norden. Hier eine Heizung im Keller, von der aus ein Vater am Morgen alle Räume des Hauses mit Wärme versorgt. Dort ein Kachelofen am Fußende des Sofas, auf das die Mutter, von der Arbeit und dem Einkaufen kommend, das Kind in eine Decke gewickelt setzt. Sie gibt ihm ein Märchenbuch in die Hand. Such dir schon aus, was ich dir vorlesen soll. Dann beginnt sie zu heizen.

Morgens zu heizen hat sie versucht, aber da war das Zimmer ausgekühlt abends.

Bei Burkhard eine Mutter, zu der immerzu jemand wollte. Die Tomatenpflanzen verkaufte, Schafsmilch oder ein Kaninchen zum Schlachten. Die immer Bohnenkraut hatte und Salbei und Dill. Die genau wußte, wie man störrische Jungen erzieht und wie man mit Wühlmäusen umspringt, mit Spatzen, mit Staren. Bei uns ist ein Marder, Frau Flamberg. Was soll ich bloß machen!

Bei Barbara eine Mutter, zu der nie jemand kam.

Oder jedenfalls fast nie. Nur ein junger Mann.

Der kam einmal jede Woche und hatte immer zwei Bücher bei sich. Die Bücher waren nicht bebildert, aber das Kind behielt doch, was er ihm vorlas. Lieber Gott, mach mich fromm, daß ich in den Himmel komm. Amen.

Oder: Ich bin klein. Mein Herz mach rein. Soll niemand drin wohnen als Jesus allein. Amen.

Die Besuche des jungen Mannes brachten mit sich, daß das Kind im Kindergarten auffiel, weil es noch mehr sang als ohnehin schon. Es stellte sich breitbeinig auf die Umrandung des Sandkastens, zog die Stirn kraus und sang aus voller Kehle: Vom hohen Himmel kamen zwei Engel, fraßen ab das grüne, grüne Gras ... – und andere Lieder mit religiösem Inhalt.

Das Kind, viereinhalb Jahre alt, wurde getauft.

Und die Taufen, denkt Barbara, Burkhards und ihre, waren erst recht nicht miteinander zu vergleichen.

Dort eine Schar von Cousins und Cousinen, Schwägerinnen und Schwägern, Onkeln und Tanten. Hier drei Tanten in der Lausitz, die mit sich selber zu tun hatten und, auch wenn die Mutter krank war, nicht kamen.

Dort eine Verwandtschaft, die zum Teil beleidigt war, weil nur der eine Teil Pate sein konnte. Hier Paten, die erst gesucht werden mußten. Vom Pfarrer. Öffentlich. Von der Kanzel herab. Wer die Patenschaft übernehmen wolle, der möge sich melden.

Es meldeten sich eine Kindergärtnerin und zwei Angestellte. Es waren Angestellte der Kirche.

Dort eine Feier, zu der auch der Teil der Verwandtschaft geladen war, der diesmal nicht hatte Pate sein können. Hier ein Mittagessen, bei dem die Mutter von ihrem Brief an Wilhelm Pieck und von den Ratten erzählte. Die Paten hatten keinen Hunger. Sie waren keine großen Esser, alle drei nicht.

Dort ein Säugling im Steckkissen, der von seiner Taufe nichts wußte. Hier ein kleines Mädchen in blauem Faltenröckchen und weißen Kniestrümpfen, das groß genug war, über den roten Kokosläufer selbst nach vorn an den Taufstein zu treten. Wo es niederkniete und seine Hände miteinander verflocht. Vater unser, der du bist im Himmel ... Laut und deutlich sprach es, so wie es das Aufsagen von Gedichten im Kindergarten gelernt hatte. ... denn dein ist das Reich und die Kraft und die Herrlichkeit in Ewigkeit. Amen.

Ein paar Leute im Hintergrund waren gerührt. Das war das Kind schon gewöhnt.

Dort, später, ein kleiner Junge, der vor Fremden verstummte. Hier ein kleines Mädchen, das sich vor Fremden gefiel.

Bei einer Weihnachtsfeier im Kindergarten hatte Barbara die böse Stiefmutter zu spielen. Sie war mit solcher Inbrunst böse, daß das tote Schneewittchen auf der Bühne erschrocken zu weinen begann. Das Publikum klatschte und lachte. Barbaras Mutter in der ersten Reihe nahm Glückwünsche entgegen. Mein Gott, woher hat Ihre Kleine das bloß. Die Mutter ließ durchblicken, daß es in der Familie liege.

Burkhard, bei einer ähnlichen Gelegenheit, hatte zu sagen: Ich arme dicke Hummel, hab keinen Honig auf meinem Sonntagsbummel. Er sagte aber bloß: Ich Armer – und weil er nicht nur steckenblieb, sondern Mutter und Hortnerin hinterher mit ihm schimpften, hatte er damit zweifellos recht.

In der Kindheit, denkt Barbara, ging es ihr jedenfalls besser als ihm. Sie wurde nie mit einem Riemen geschlagen. Er mußte schon Futter holen für vierzig Kaninchen, während sie noch baden konnte im Trintsee. Er mußte beim Schlachten helfen, Wasser tragen, Tröge scheuern, Würste zubinden, während sie sich Dolche und Flitzbögen schnitzte, heimlich rauchte und Äpfel stahl.

Oder klingelte, abends, an fremden Türen und schnell weglief danach. Mit Kindern, deren Namen man nicht preisgeben durfte, wenn man doch erwischt wurde. Wer hat geklingelt! Wer waren die andern!

Weiß ich nicht. Die sind nicht aus meiner Straße.

Und das immerhin war die Wahrheit.

Denn nur als sie klein war, spielte Barbara dort, wo sie wohnte. Sammelte sie Kastanien in der Promenade vorm Kreisgericht, band sie Gänseblümchen zu Kränzen, kam sie mit Fröschen vom nahen Mühlteich zurück. Als sie klein war, verstand sie andere Mütter noch nicht, die sich vor Fröschen ekelten, Raupen und Spinnen. Dabei war das noch gar nichts. Barbara faßt sogar Kröten an, Mutti!

Na und?

Die sollte noch viel mehr staunen, die Mutti von Jörg Rehberg! Ich hab nicht mal vor Ratten Angst, erklärte sie stolz. Wir hatten welche, fügte sie erklärend hinzu. Bei uns in der Küche. Zwanzig Stück! Ziemlich bissig!

Jörg Rehberg durfte mit ihr nicht mehr spielen, Karin Kollotzi, deren Mutter mit Frau Rehberg befreundet war, auch nicht.

Als Barbara größer war, ging sie woandershin. Zum Magazinplatz oder zur Schuhmacherstraße, wo es nicht das Gerede gab, wo niemand sie fragte, ob es wahr sei, daß sie auch Katzen äßen. Ob ihr Vater im Gefängnis sitze. Warum ihre Mutter geheult habe gestern.

Als Barbara größer war, ging sie jeden Sonntag zur Kirche, wo sie sich mit anderen Kindern vor dem Westportal versammelte, von einer freundlichen Frau, welche Dordel hieß, hineingeführt wurde und dabei sang: Liebster Jesu, wir sind hier, / dich und dein Wort anzuhören. / Lenke Sinnen und Begier / auf die süßen Himmelslehren.

Unter denen, die mit ihr dort Himmelslehren empfingen, waren auch Kinder aus der Waldsiedlung und vom Kietz. Eines von ihnen, die dicke Regina Krieger, brachte Barbara nach dem Gottesdienst in einem Winkel des Kirchplatzes noch ein andres Lied bei: In dem Hause Nummer zehne-zehne / ist ein großer Mord geschehne-schehne, / hat 'ne Mutter ihr Kind-Kind / mit 'ner Gabel umgebringt-bringt. – In den Kindergottesdienst ging Barbara gern.

Und natürlich wäre sie auch woandershin gern gegangen, zu einem Kindergeburtstag zum Beispiel oder zu einer Hochzeit, wozu sie aber nie jemand einlud. Natürlich hätte sie auch anderes gern gehabt, Geschwister zum Beispiel, obwohl sie andere Kinder oft stöhnen hörte über Geschwister, mit denen sie teilen mußten, alles und jedes. Während Barbara mit anderen nie teilen durfte. Iß das allein! Andere Mütter haben mehr Geld als ich. Die können ihren Kindern öfter so was kaufen.

Und natürlich wäre sie auch gern umringt gewesen wie die dicke Regina, Bonbons verteilend oder Eiswaffeln gar. Was sie sich einmal sogar erlaubte: von den drei Mark, die die Mutter ihr gab, dem Geld für das Schulessen einer Woche.

Danach ging sie jeden Tag nachsehn, was auf den Tellern der anderen dampfte, um antworten zu können auf die Fragen der Mutter. Gestern? Habe es Weißkohl gegeben. Heute? Ein Schnitzel. Siggi Patzlaff habe seins nicht geschafft. Deshalb habe er – Barbara nahm sich die vierte Brotscheibe, während sie die Geschichte von Siggis Schnitzel für die Mutter erfand – habe sie noch die Hälfte des seinen bekommen.

Die Mutter wunderte sich über den Hunger des Kindes. Anderthalb Schnitzel zu Mittag und am Abend fünf Schnitten! Es war wohl das Wachstum.

Und in der Tat: es wuchs ja, das Mädchen. Es wuchs damals sehr. Der karierte Rock, gerade erst länger gemacht, war schon wieder zu kurz. Die langen Ärmel des Pullovers waren zu Dreiviertelärmeln geworden, die Kniestrümpfe zu Wadenstrümpfen, von den langen Hosen und dem Wintermantel erst gar nicht zu reden. Einige redeten doch.

Wie sieht denn die aus, die Frey! Das sieht ja bescheuert aus, eh!

Meist stellte Barbara dann ihre Schultasche an den Zaun und ging langsam, sehr langsam auf den Redenden zu. Was hast du eben gesagt? Der konnte sich an nichts mehr erinnern. Aber wenn der Nachredner größer und stärker als Barbara war oder wenn sich in seiner Begleitung zu viele befanden, schlenderte sie weg, die Tasche schlenkernd, gelangweilt. Schließlich hatte sie einen Ruf zu verteidigen, den, stark, frech und furchtlos zu sein. Sie verteidigte ihn aus sichrer Entfernung. Du Affe! schrie sie, krebsrot im Gesicht. Du alte Pottsau! Du zwölfmotoriges Waldwanderscheißhaus, du blödes, verdammtes!

Ach, Barbara weiß schon, warum sie sich mit Burkhard nicht einlassen wollte. Nicht inniger jedenfalls, nicht für die Dauer, nicht so, wie es Christine ihr riet.

Christine war dabei, als Barbara Burkhard zum zweiten Mal traf. An einem Freitag in der Kaufhalle, die an jenem Abend voll war wie schon lange nicht mehr. Das Gedränge und Geschiebe, das Warten auf einen Einkaufswagen hinderten Barbara daran, Burkhard länger zu beobachten. Sie hatte ihn zuerst gesehn. Er stand am Packtisch, senkte Milch, Zitronen, Flaschen und Tüten in ein Netz. Er war also jemand, der Reis brauchte, Milch und Zitronen, und wer er sonst noch war, das würde sich zeigen. Daran zum Beispiel, ob und wie er sie grüßte.

Schlaf nicht, sagte Christine. Neben dir der Wagen ist frei.

In dem Moment sah er auf. Und erkannte sie wieder. Und lachte. Und grüßte. Und sah so ausdrücklich zu ihr hin, daß Christine diesen Ausdruck bemerkte.

Wer war denn das, fragte sie.

Ein Handwerker. Er hat neulich den Abfluß in meinem Bad repariert.

Es mußte an seinem Lachen gelegen haben oder an ihrem Ernst oder an den Erfahrungen, die Christine schon mit ihr hatte. Jedenfalls stellte sie diese Antwort nicht zufrieden. Sie schoben ihre Wagen an den Kassen vorbei, und auf Barbara ruhte Christines forschender Blick.

Mensch, Barbara, du hast doch nicht wieder ...

Barbara, den Wagen weiterschiebend und das Obstangebot überfliegend, gab zu, daß sie hatte.

Wieder, dachte sie bockig, ist gut. Das letzte Mal war vor einigen Monaten.

So zu denken lag Christine fern. Christine hatte Prinzipien, und die waren streng. Aber du kannst doch nicht gleich mit ihm schlafen!

Nun waren der Platz zwischen Fischstand und Gemüseregal und der Augenblick, in dem man eine geräucherte Flunder am Schwanz hielt, ja nicht so geeignet, darüber zu reden, was gleich zu können ist und was später. Weshalb Barbara nur sagte: Gleich hab ich ja auch nicht. Zuerst hat er mir mein Bad repariert. Und dann, noch ehe Christine etwas antworten konnte: Gehst du zum Bäckerstand? Bringst du mir Brot mit?

Geredet hatten sie erst einen Tag später. Am Sonnabend. In der Küche Christines.

Von den Uneinigkeiten, den Meinungsverschiedenheiten, den Unterschieden zwischen Barbara und Christine ist für Außenstehende so leicht nichts zu merken. Bei Versammlungen, Betriebsausflügen, immer sitzen sie nebeneinander. Wenn die eine krank ist, bringt den Krankenschein immer die andere. Wenn Christines Sohn Sebastian anruft, seine Mutter jedoch nicht erreichbar ist, verlangt er höflich: Dann bitte Barbara Frey. Herr Götze, der sich als Hausmeister in festen Verbindungen auskennt, sagt, Christine und Barbara seien „een Ei un een Kuchen".

In Christines Küche war die Einigkeit zwischen beiden oft gar nicht so groß.

Daß Barbara nicht als Nonne leben wollte, wie sie von der Eckbank her maulend bekanntgab, konnte Christine natürlich verstehen. Nur hätte sie Barbara gern in einer Ehe gesehen. Weshalb dieser Handwerker ihr immer sympathischer wurde. Eigentlich habe er einen netten Eindruck gemacht.

Barbara, die gebeten hatte, Tobias aus dem Bettchen holen zu dürfen, fand, daß sie darauf nicht antworten müsse. Sie ging ins Kinderzimmer und streckte dem Säugling die Hände entgegen. Hallo Baby! sagte sie. Das hatte sie in Filmen gehört. In Filmen waren damit meist Frauen gemeint. Tobias strampelte. Ihm war das egal.

Sein Gesicht, als sie wieder in der Küche saß, wurde noch runder beim Lachen. Christine häufte Speckwürfel und Gurkenstreifen auf die Rouladen und fuhr fort, Barbaras Leben kritisch zu sehen. Tobias stemmte die Füßchen gegen Barbaras Schenkel und machte sich steif.

Christine, seit wann macht er denn das! Er will ja schon stehen!

Ach, schon lange. Und umgedreht nach dir hat er sich auch.

Tobias?

Nein, dieser Handwerker. In der Kaufhalle gestern. Sag mal, hörst du mir überhaupt zu?

Da hatte Barbara wieder einmal genug. Jetzt hör du mir mal zu, verlangte sie finster. Sich umdrehen will überhaupt nichts bedeuten! Und dann begann sie von früher zu reden, so daß Christine darüber ihre Arbeit vergaß.

Früher – damit meinte Barbara die Zeit, in der sie noch Kind, aber schon nicht mehr so klein war; in der sie nicht mehr zu Strecks kam, wenn die Mutter wieder einmal ins Krankenhaus mußte; in der sie schon allein fertig werden konnte: die Kohlenkarten abholen und anmelden gehen, der Mutter zwei Nachthemden mitbringen zur nächsten Besuchszeit; es war die Zeit, in der sie las und las und las, heizen sollte, aber vorm Ofen kniete mit einer Zeitung und las, einkaufen gehen sollte, aber im Hausflur stand mit entfalteter Zeitung und las; und in der sie längst nicht mehr Pferdeäpfel in die Briefkästen stopfte, ganz besonders schön dampfende in den Kasten von Heinkels, weil Herr Heinkel „alte Olga" gesagt hatte zu ihrer Mutter; die Zeit, in der sie sich schon erwachsen vorkam.

Zu jener Zeit hatte man sich ebenfalls nach ihr umgedreht. Zu jener Zeit fiel sie auf.

Das sah sie auch selbst. Schließlich konnte sie ihre Mitschülerinnen, konnte sie den neuen Mantel, den Waltraud, den Plisseerock, den Sabine, den neuen Anorak, den Erika trug, nicht übersehen und nicht den braunen Trainingsanzug, in dem sie meist umherlief. Zu jener Zeit beeilte sie sich immer nach Schulschluß.

Sie lief den anderen voraus. Sie nahm die Abkürzung am Sonntagsgraben entlang. Sie räumte schnell auf zu Hause, wusch das Geschirr ab, rannte zum Konsum, hastete mit der Einkaufstasche wieder nach Hause; und das alles nur, um dann langsam und gemächlich den Weg zum See einzuschlagen. Um zu trödeln in der Kastanienallee, sich auf eine der grünen Bänke zu setzen, mit den Füßen im Laub zu rühren und dann doch aufzustehen, doch weiterzugehen, nicht nach Hause, sondern weiter zum Trintsee. Keine Dummheiten sollte sie machen mit Jungen. Ob anfassen auch schon zu Dummheiten zählt, hatte ihr die Mutter nicht gesagt.

Abgesehen davon, erklärte Barbara Christine, daß es ja auch kein Junge mehr war, der auf ihr Klingeln hin die Terrasse des Schlosses betrat. Der Pfeife rauchend die Freitreppe herabkam, langsam über den Schloßhof schlurfte und ihr das Gittertor aufschloß. Na Mädel? Da bist du ja wieder.

Dem Kustos des Schlosses war es egal, ob ihr Stehkragen noch modern war oder nicht, warum sie nicht zur Tanzstunde ging, daß sie sich nicht die Haare toupierte. Er hatte ihr mehrmals geholfen, ihr einen Sextanten gebaut für den Astronomieunterricht, mit ihr ein Herbarium angelegt. Er hatte sie durch die Räume des Schlosses geführt, ihr die Sammlungen, die Rüstungen und Sättel gezeigt. Von ihm hatte sie gelernt, Kavalleristen auseinanderzuhalten, einen Husaren nicht mit einem Ulanen, einen Dragoner nicht mit einem Kürassier zu verwechseln und schon gar nicht Pallasch und Säbel, eine Schabracke mit einer Schabrunke. Auch sein Zimmer im Schloßturm kannte sie schon.

Dort nahm er sie auf den Schoß und redete einfach weiter. Einfach weiter über Attila und Kalpak, den Herzog von Braunschweig und seine Zietenhusaren. Nur daß ihr einfiel, ihre Hausaufgaben seien noch nicht gemacht, auch müsse sie noch Schnellhefter kaufen, und sowieso müsse sie jetzt ganz schnell zurück in die Stadt. Und nur, daß sie sitzenblieb, daß ihr gefiel, was sie sich nicht gefallen lassen durfte. Und daß der Weg durch die Gärten, der Umweg an der Stadtmauer entlang ihr dann gerade recht war. Sie heulte. Sie war so verdorben. Sie war so schrecklich verdorben, sie, Barbara Frey.

Heute, sagte sie zu Christine, da ich doch Zeiten kenne, in denen ich mich dauernd verlese, in denen ich „Erotik" lese, wo „Exotik" steht, „sexuell" statt „sensuell", „anfassungsfähig" statt „anpassungsfähig" oder, stell dir vor, sogar „geschlechtliche Aufgabe", wo doch nur von „geschichtlicher Aufgabe" die Rede gewesen sein kann im Zusammenhang mit dem letzten Parteitag, heute versteh ich auch das Mädchen gut, das ich einmal war. Aber das Mädchen damals – du, das verstand überhaupt nichts.

Christine lachte, schaltete am Herd herum, blickte aufs Thermometer und erklärte, eigentlich sei die Geschichte ja ernst. Sie wird noch ernster, versprach Barbara und streichelte Tobias den Kopf.

Es sah nämlich damals verstört auf den Adventskranz, das Mädchen. Es nahm den Kalender. Es nahm sein Biologiebuch zur Hilfe. Es zählte und rechnete. Es saß bedrückt in der Kirche, den Kopf tief übers Gesangbuch gebeugt. Mein Gott! dachte es. Mein Gott, hilf mir doch bloß.

Ein paar Wochen zuvor war der Ulli von Willhoffs, der zwar in eine andere Schule ging, aber in der gleichen Straße wohnte, mit ihr in Willhoffs Garage so umgegangen wie noch niemand vorher. Sie hatte es weder schön noch schlecht gefunden, nur sehr aufschlußreich. Nun aber verwünschte sie den alten Herrn Heller und den Ulli von Willhoffs und ihr Verlangen, Aufschluß zu erhalten über dieses und jenes. Ihr war es in der geheizten Kapelle zu kalt. Der Tannenduft ging ihr auf die Nerven. Sie sang die Lieder nicht mit.

„Auch wer zur Nacht geweinet, der stimme froh mit ein." Sie war nicht froh. Sie konnte doch nicht auch noch froh sein bei Texten wie „Aus Gottes ew'gem Rat hat sie ein Kind geboren", wenn Gottes ew'ger Rat darauf, daß sie erst fünfzehn war, keine Rücksicht nehmen wollte!

Pastor Rinnt-Förster vorn am Altar las die Geschichte von Elisabeth und dem Priester Zacharias. Barbara hörte nicht zu. Verzweifelt hielt sie sich die Mutter vor Augen. Für sie hatte sie am Abend zuvor ein Mädchen namens Cornelia Schulze erfunden. Cornelia Schulze, Mutti, die in die Thomas-Müntzer-Schule geht, aber auch in die neunte wie ich, von der sagen alle, sie kriegt ein Kind.

Hure! hatte die Mutter hart und böse gesagt, und Barbara war dann sehr beschäftigt gewesen mit ihrem Bückling und den vielen Gräten darin.

Die Stimme des Pastors. Die brennenden Kerzen. Das Gesangbuch vor ihren Blicken verschwamm. „Ein Kindelein so zart und fein, das soll eu'r Freud' und Wonne sein." Und nicht eu'r Angst und Strafe. Lieber Gott, für Freuden und Wonnen, die ich noch nicht einmal kenne!

Damals, sagte Barbara und duldete Tobias' patschende Händchen in ihrem Gesicht, damals sei es noch einmal gut ausgegangen für sie.

An einem Nachmittag sei sie zu Frau Streck gegangen, die sich gefreut hatte. Kommst mir gerade recht, Bärbel, kannst mir mal helfen. Dann vergaß sie die Heißmangel und ihre Wäsche, drückte Barbara auf einen Stuhl, ging auf und ab, während sie Barbara ausreden ließ, und schüttelte den Kopf. Bärbel, Bärbel, also Mädchen, dich müßte man!

Sie legte Barbara, die ihre Arme auf den Tisch und den Kopf auf die Arme geworfen hatte und hemmungslos heulte, die Hand auf das Haar. Nun wart doch erst ab. Sag deiner Mutter noch nichts. Wenn es so war, wie du sagst, Bärbel, kann es nicht sein.

Das Weihnachtsoratorium konnte Barbara dann schon wieder mitsingen. „Jauchzet, frohlocket, auf, preiset die Tage." Aber nicht der alte Herr Heller und nicht der Ulli von Willhoffs, sondern Frau Streck hatte damals gewußt, warum sie jauchzte und frohlockte und welche Tage sie pries. Was der Ulli von Willhoffs ihr geantwortet hatte, als sie zu ihm gegangen war mit ihrer Angst, das wußte sie noch. Und nach ihr umgedreht vor der Garagentür hatte Ulli Willhoff sich auch. Sich umdrehen muß nichts Gutes bedeuten. Das kannst du mir glauben, Christine. Das weiß ich besser als du.

Die ganze Wahrheit darüber, weshalb sie von Burkhard anfangs nichts weiter erwartete, war aber auch das nicht. Was Barbara ihrer Freundin nicht sagen mochte, war, daß sie Frauen wie Christine nicht übersehen konnte. Nicht die Arbeiter übersehen konnte, die vor der Buchhandlung dicke Rohre verlegten und die Christine morgens die Tür aufrissen, die Taschen abnahmen, das Rad hineintrugen. Und den jungen russischen Offizier nicht, der Christine angesprochen hatte eines Tages und der Barbaras Hilfe nicht wollte. Diese Frau, das hatte er zwar nicht gesagt, aber seine Haltung und seine Miene hatten es ausgedrückt, diese Frau sei auch ohne fremde Hilfe imstande zu verstehen, wie leid es ihm tue, nicht von hier, sondern von Jüterbog zu sein. ICH JUTER BOCK, erklärte er der bestürzten Christine. Und Barbara, einsichtig, hatte die beiden stehnlassen, denn Christine war schön, und sie konnte bloß Russisch.

Zur Wahrheit gehörte auch, daß Barbara hartnäckig an einer Meinung festhielt, zu der sie gekommen war schon vor Jahren, schon als Buchhändlerlehrling, in ihrer Internatszeit, in Leipzig.

Hannelore!

Der Name der Stadt ist mit dem der toten Freundin gekoppelt. Wenn Barbara Leipzig denkt, wird der unsichtbare Apparat wieder in Gang gesetzt, in den eine Filmrolle eingelegt ist, die seit vierzehn Tagen immer wieder abspult, der einen Film ablaufen läßt, den Barbara seit der Todesnachricht wieder und immer wieder sehen muß, und der Film heißt „Mit Hannelore in Leipzig".

Wie immer beginnt er mit einer Totalen: Leipzig, Hauptbahnhof, Bahnhofsvorplatz, Menschen, Autos, Straßenbahnen. Dann die Halbtotale: Barbara, zwei Koffer tragend, im Gedränge. Man sieht sie in die Straßenbahn steigen, umsteigen, denn es war nicht die richtige, sieht sie zu Fuß gehn. Dann steht sie vorm Internat.

Alle Bilder des Filmanfangs lassen erkennen: Hier kommt eine zum ersten Mal in die Großstadt. Die Rolltreppen verläßt sie in der ersten Zeit stolpernd. In den Straßenbahnen drückt sie statt des Türöffners mitunter das Notsignal. Sie bestaunt Carola und Winni, die in die Kaufhäuser gehn, auch wenn sie dort nichts kaufen wollen. Immerhin geht sie mit.

Sie sieht zu, wie Winni einen Mantel anprobiert und Carola einen Rock. Sie hört sich an, was Carola die dazukommende Verkäuferin fragt. Ob der Rock nicht zu eng sei, und zwar um den Bauch rum. Nie hätte Barbara damals eine Verkäuferin für ihren Bauch zu interessieren gewagt!

Sie fühlte sich unterlegen und war deshalb streng.

Besonders streng zu Hannelore, auf die sie meist von oben herabsah. Von oben, von ihrem Doppelstockbett.

Hannelore, schmal, kurzhaarig, weißblond, stand vor dem Spiegel und bemalte sich wieder. Barbara sah nicht mehr hin. Sie las in ihrem Buch über Albert Schweitzer, als es an der Zimmertür klopfte.

Ein paar Tage zuvor hatte Volkmar, einer der beiden Jungen der Klasse, in den Schreibwarenläden der Umgebung nach Linolschnittmessern gesucht. Es gab welche, aber mit Griffen aus Plaste. Volkmar wollte hölzerne Griffe. Barbara, die auf ihrer Suche nach Liederbüchern in der Nähe eines Antiquariats ein Fachgeschäft für Künstlerbedarf entdeckt hatte, war dorthin gefahren und mit Linolschnittmessern wiedergekommen, fünf Messern, alle mit hölzernen Griffen. Das vergeß ich dir nie, hatte Volkmar gerufen und dabei gestrahlt. Und nun steckte er den Kopf durch den Türspalt.

Wir gehn in die Orion-Bar. Kommst du mit?

Er meinte Hannelore. Barbara oben im Bett schlug ihr Buch wieder auf.

Die meisten Filmbilder sind Innenaufnahmen. Hannelore im Klassenzimmer, Hannelore in der Buchhandlung. Hannelore in dem Zimmer, das sie mit Barbara teilt. Eine Szene gibt es, die Barbara in diesem Zimmer allein zeigt. Da räumt sie Schreibblock, Bücher, Schnellhefter und eine Opern-Querschnitt-Platte vom Tisch. Hannelore hatte Pförtnerdienst, mußte Eingang, Telefon und Schlüsselbrett bewachen. Ausgerechnet zum Bergfest! Sie hatte den Dienst zu tauschen versucht. Niemand fand sich bereit.

Inzwischen weiß Barbara natürlich, daß Hannelore damals vor allem Sylvias wegen am Bergfest teilnehmen wollte. Daß es Sylvia, die Klassenbeste, war, an die Hannelore dachte, wenn sie ihre Opernplatte hörte, immer wieder dasselbe Stück, zwei Frauenstimmen: „Ist ein Traum, kann nicht wirklich sein". Aber damals freute sich Barbara, daß sie allein war im Zimmer. Sie schob die Platte in die Hülle zurück, legte sie zu den Büchern aufs Bord, schichtete Schnellhefter, Schreibblock und Hefte übereinander. Buchgroßhandel, Versandbuchhandel, Einzelhandel – weg damit. Ungestört konnte sie handeln.

Schon seit dem frühen Nachmittag rauschten die Wasserleitungen im Hause. Türen klappten. Lockenwickler und Luftduschen wurden verliehen. Es wurde gefragt und begutachtet. Bei Barbara erschien niemand um Rat.

Sie war froh darüber. Sie wollte ungestört sein.

Sie holte einen Karton aus dem Schrank: neue Schuhe. Sie zog sie an, stakste damit vor den Spiegel. Herrje, war das ungewohnt! Sie zog sie wieder aus und rieb sich die Zehen.

Dann blieb sie lange im Bad.

Zwei Stunden später stand sie erneut vor dem Spiegel.

Abgekämpft und erbittert inzwischen, weil ein Kleid einem stehn mußte, aber sitzen mußte es auch, und sie wurde mit beidem nicht fertig. Bloß gut, sie hatte noch Zeit.

Endlich, nachdem sie der Reihe nach alles an- und wieder ausgezogen hatte, was der Kleiderschrank hergab, entschied sie sich für ihr dunkelgrünes Konfirmationskleid. Vor vier Jahren hatte es mehr gekostet, als ihre Mutter in einem Monat Rente bekam. Sie fand sich darin gar nicht schlecht. Eigentlich sogar gut. Sehr gut, genaugenommen. Ihr Haar war auch noch nicht trocken. Sie konnte zu Carola und Winni gehn und sich einen Fön borgen wollen. Sicherlich würden die staunen!

Die beiden staunten tatsächlich.

Barbara! Es ist doch schon Viertel nach fünf! Willst du dich nicht auch endlich umziehen?

Zeitraffer: Barbaras Rückzug ins Zimmer, Wechsel der Schuhe, Rennen den Korridor entlang, die Treppen hinunter. Die Pförtnerloge. Hannelores erstauntes Gesicht.

Barbara eilig: Sie wolle den Dienst mit ihr tauschen. Sie habe sie damit überraschen wollen. Leider sei ihre Armbanduhr stehengeblieben. Sie solle sich beeilen. Sie, Barbara, mache sich nichts aus dem Tanzen.

Zweimal an jenem Abend war dann Hannelore bei ihr unten in der Pförtnerloge gewesen. Das erste Mal, um ihr Cola und belegte Brötchen zu bringen. Das zweite Mal, um ihr zu sagen, daß es so besonders nicht sei. Du versäumst nichts, sagte sie und hatte es eilig, wieder nach oben zu kommen. Aber hinterher stellte sie Fragen.

Du, sag mal, begann die erste. Da lagen sie schon in den Betten. Du hast dir doch heute die Haare gewaschen?

Na und?

Und du fährst doch sonst an den Wochenenden immer nach Hause.

Es hatte sich damals gezeigt, daß Hannelore im rechten Moment zu fragen aufhören konnte. Daß sie nicht darauf bestand, Licht zu machen, nachzusehn, wie Barbara aussah, wenn ihre Stimme dermaßen schroff klang. Ich bin müde, Mensch! Laß mich schlafen!

Sie schlief aber nicht, Hannelore erfuhr es nach Jahren.

Barbara hatte damals wach gelegen und an die Decke gestarrt. Sie hatte auf fernes Motorengeräusch und in der nächtlichen Straße verhallende Schritte gelauscht. Bald war auch Hannelores regelmäßiger Atem zu hören. Und sie dachte darüber nach, wie weit sie sich vorhin, in Hannelores Abwesenheit, herabgelassen hatte: Bis zum unteren Bett.

Sie hatte die Ketten, Armreifen, Ohrklips betrachtet, die auf der grünen Bettdecke lagen. Den breiten Ledergürtel, den Spiegel mit verschnörkeltem Griff. Und Dosen und Döschen, Tuben und Pinsel, drei kleine Fläschchen. Vorsichtig hatte sie die Hülle vom Lippenstift gezogen und zaghaft an ihm gedreht. Eines der Fläschchen, ein Eau de Cologne, das sie damals noch für Parfüm hielt, hatte sie mißtrauisch und gründlich berochen. „Raffinesse" stand auf dem Etikett. Sie hatte es abrupt wieder hingelegt. Sie war eben, hatte sie gedacht, als sie grübelnd wieder im Bett lag, sie war eben keine Frau, die nach Raffinesse roch, basta.

In der ersten Zeit mit Burkhard war sie noch voller Argwohn. Manchmal, wenn sie gemeinsam in der Küche wirtschafteten, in seiner oder in ihrer, und er im Handumdrehen eine Fischbüchse öffnete, an der sie sich zuvor beinahe die Finger abgebrochen hatte, betrachtete sie ihn verstohlen. Die breiten Schultern, die großen Ohren, das über der Stirn schon gelichtete Haar. Es war von fast demselben Dunkelblond wie das ihre, aber schön. Und „aber schön" war eigentlich alles, was sie sah, auch diese Wangenknochen, dieses Kinn, Mund, Nase, Augen, überhaupt das Gesicht, überhaupt dieser Mann. Sie dachte beklommen an ihre Unvollkommenheit und sah bereits wieder schwarz. Schwarze Wimperntusche und schwarze Lidstrichfarbe. Sah rote Lippen und hellblaue Augenlider. Sah sich schon wieder – nach Anweisungen, die Hannelore ihr zu geben nicht müde wurde – stehen und pinseln und wütend werden vor dem Spiegel, weil alle Liebesmüh doch verloren war, solange es ihr nicht gelang, diese Schönfärberei auch ernst zu nehmen. Doch wie konnte sie das, wenn es ihr ernst war mit Burkhard. Und es war ihr ernst. Aber wie.

Einmal, als Burkhard in ihren Armen sie lobte, so was wie sie habe er überhaupt noch nicht in seinem Bett gehabt, wurde sie eisig. Aha! Wußte sie's doch!

Sie machte sich los, rückte von ihm ab. Er wußte gar nicht, wie ihm geschah. Das sei nicht sein Bett. Das sei ihr Bett. Ihr Zimmer und ihr Bett, in dem die Lust ihr vergangen sei. Und ob er ... – He! Bärchen! Er rüttelte sie.

Bärchen hatte allerdings zu ihr noch kein Mann gesagt.

Verliebt zu sein hätte sie damals energisch bestritten. Als die junge Frau Wolter sie wieder einmal mit Mitteilungen über Herrn Wolter erschreckte – wie es gewesen sei, als die Wolters zum ersten Mal in einem Kusse verschmolzen –, stellte sie bei sich geringe Schmelzbarkeit fest. Sie überlegte in solchem Fall bloß, ob sie noch Krümel im Mund haben könnte. Sie versprach Burkhard, der sie abwehrte, weil er einen Schnupfen hatte, ihn ganz vorsichtig zu küssen, damit er noch Luft holen könne. Aber er meine doch die Ansteckungsgefahr! Der und Gefahr! Barbara fühlte sich sicher.

So schnell ging das also?

Jetzt wundert sie sich. Jetzt, schlaflos und hilflos und

grübelnd ist sie von Burkhards Ungefährlichkeit nicht überzeugt. Damals war sie es sehr. Damals, als sie nach einem Besuch bei der Mutter von ihr fremd gewordenen Leuten aus Wilkenitz plötzlich Briefe bekam, sie solle es sich also gut gehen lassen ohne Gott, sie solle bloß nicht vergessen, wo sie hergekommen sei, sie solle sich doch besinnen, da besann sie sich nicht. Da hatte sie den Kopf voll mit anderen Dingen. Es gab ein Wohnungsbauprogramm und den Typ WBS 70; es gab soundso viele Wohnungen, für die Burkhard im Wohngebiet zuständig war. Da dachte sie immer seltener an Wilkenitz, an seinen Wolf im Wappen, und auch an Leipzig kaum noch, wo sie einmal die Frey gewesen war. Die Frey, Mensch! Zum Totlachen, sag ich dir! Die Frey kauft sich alte Gesangbücher statt neuer Schuhe! In Leipzig wäre sie einmal beinahe totgelacht worden, hätte es Hannelore für sie nicht gegeben.

Sie dachte mehr an hier, mehr an heute. Mehr an den VEB Gebäudewirtschaft in dieser Stadt, in dem ein Mann namens Burkhard Flamberg sich mit dem Umkleiden beeilen mußte, wenn er den Beginn des Hauptfilms nicht verpassen wollte. Sie stand unter dem Vordach des Kinos, und auch das Warten machte ihr nichts aus.

Schließlich hatte er kommen können. Schließlich mußte sie „Giordano Bruno" nicht allein sehen. Nicht einmal allein bezahlen sollte sie dürfen. Die Frau an der Kasse bekam es mit ihr, dann mit Burkhard und dann doch wieder mit ihr zu tun, was nicht die Frau, sondern Burkhard verstimmte. Doch was sie sehen wollte im Leben, dafür hatte schon immer nur sie bezahlt.

Sie glaubte damals, sich keine falschen Hoffnungen zu machen, sondern diesmal die richtigen. Getrost sollte Burkhard das Orgelspiel blöd finden, wenn sie nichts Besseres hatten zu Brunos Zeiten, noch keine Combo in einer Kirche, noch keine Junge Gemeinde, die singt:

Knüpfe, Herr, das Band stets fester, / das mich dir verbunden hält. / Hinter mir sei keine Brücke, / die zurückführt in die Welt. – Ruhig sollte er ihre Hand nehmen, wenn Giordano nach Rom gebracht und gefoltert wurde. Bloß den Rat, die Augen zu schließen, den befolgte sie nicht.

Eine Stunde später, es hatte inzwischen geregnet, ging sie neben ihm, als sei nie Seelsorge geübt worden an ihr. Als hätte ihre Seele nicht ein paar Jahre gebraucht, sich von diesen Übungen wieder zu erholen. Und als hätte es weder einen alten Herrn Heller noch einen Ulli von Willhoffs, noch einen Hans, Kurt, Dirk und alle die anderen Unbekannten gegeben, ja als gebe es auch den Betrunkenen nicht, dem sie nicht schnell genug auswich. Doch Burkhard packte ihn schon am Jakkett und redete ihn mit „Mein lieber Freund" an.

Mein lieber Freund! Das machst du mir nicht noch mal, sag ich dir, nicht noch mal, du! Haben wir uns verstanden?!

Sie schienen sich verstanden zu haben. Nach ein paar Schritten war Burkhard wieder neben ihr. Das gab es, Burkhard neben ihr.

Daß es das gab, glaubte sie damals tatsächlich.

Aber in Wirklichkeit stand er ihr gegenüber. In Wirklichkeit stand er bei Wannwitz. In Wirklichkeit stand Burkhard dem Wannwitz bei.

III

Denkt man an die große Sache, wenn man in der Sauna unter der Dusche steht? Wenn man von Christine gefragt wird: Was ist denn mit dir passiert. Aber diesmal ist einem gar nichts passiert. Diesmal ist man nicht wieder auf der Hauptstraße in ein Motorrad gelaufen oder hat ein bissiges Pferd gefüttert oder sich die Welt gerechter vorgestellt. Diesmal hat man nur Fußbodenbelag ausgelegt in der Küche und den Herd und die Schränke allein angehoben, weil man damit fertig sein wollte, wenn Burkhard kommt. Und die paar Schrammen und blauen Flecke – na ja doch, das bißchen!

Denkt man an Revolutionen und Erschießungen, Aufstände und Gefängnisse, wenn man vom Duschraum auf Latschen in den Saunaraum patscht? An den Angstschweiß Verfolgter, während man dort sitzt und schwitzt? An Folter und Blutbad, während man ins Wasserbad steigt? An die Hoffnungen von Generationen, während man ganz mit der eignen befaßt ist, mit der eigenen Hoffnung?

Damals, auf dem Heimweg nach der Sauna, sprach sie es aus vor Christine, wie sie sich vorkam: Als sei sie den Frauen zurückgegeben.

Verständlich, hatte Christine damals gesagt.

Sie war sich nur nicht sicher gewesen, ob Christine sie wirklich verstand. Mit Frauenhaar und Frauenzeitschrift, mit Tagescreme und Sommermode hatte es nichts zu tun. Eher mit dem Essen, zu dem Christine sie einlud.

Mit dem Fahrrad, das Christine in den Keller brachte, den Taschen mit dem Badezeug, die Barbara trug, mit den Kartoffeln, die Christine im Korb mit nach oben nahm, der Arbeit, die ihnen leicht von der Hand ging. Christine schälte schnell, und kurze dicke Kartoffelschalen fielen in die Schüssel hinab, Barbara schälte bedächtig, und eine Schale, lang, dünn und geringelt, senkte sich langsam hinunter.

Eher hatte es mit dem Aufsatz zu tun, den Sebastian ihnen zeigte, mit dem Anfangssatz, den seine Deutschlehrerin beanstandet hatte: Eines Tages gingen Robinson Gedanken durch den Kopf.

Barbaras Gefühl hatte auch mit Sebastian selber zu tun, dem Christine immer alles dreimal sagen mußte und der sich jetzt endlich ins Bad scheren sollte, obwohl er klagte, er habe doch schon gestern gebadet. Das spiele keine Rolle. Los, ab! Davon werde die Haut schon nicht dünn!

Christine nahm den Blumenkohl aus dem Gefrierfach. Sie wollte nach Tobias sehn, aber zuvor werde sie Günter wecken. Vor allem hatte es mit Günter zu tun, mit dem Morgen des Saunatags, von dem Christine erzählte.

Gegen sieben nämlich erst sei Günter gekommen. Nach sechsunddreißig Stunden, einigen davon im Asbestanzug. Todmüde sei er ihr auf die Couch gesunken. Daß sie ihm die Schuhe auszog und ihn zudeckte, habe er schon nicht mehr gemerkt.

Das war es. Nie hatte Barbara es in Ordnung finden können, daß sie niemanden hatte zum Schuheausziehen, Zudecken, Schlafenlassen, freundlichen Wecken. Nun aber sah sie, wenn sie von der Arbeit nach Hause kam, manchmal hinter ihren Fenstern schon Licht. Sie zog im Korridor den Mantel aus und fand den Tisch gedeckt. Wurst, Butter, Camembert waren festlich bekränzt – mit dem Grünfutter für den Wellensittich, was sie für sich behielt; sie kaufte nur in Zukunft etwas mehr Petersilie.

Darum ging es. Daß nun auch Barbara beim Einkaufen „etwas mehr" zu bedenken hatte. Daß sie nicht mehr in Verlegenheit kam, wenn die junge Frau Wolter sich an sie wandte mit einem Problem: Sie habe heut eine Bluse gesehen! – Nun sah Barbara jeden Tag Blusen, ohne daß ihr daraus Probleme entstanden, aber es war nicht die Bluse. Es war die Wäsche, die der junge Herr Wolter, wie sie erfuhr, dringend brauchte. Und ein Wirtschaftsgeld war es. Damenbluse oder Herrenwäsche – das war hier die Frage. Die sich ihr, wie sie zögernd zugab, so noch niemals gestellt hatte. Frau Wolter seufzte: Sie haben's gut! Sie haben keine Probleme! Das nämlich – daß es nun Herrenwäsche und damit endlich Probleme gab in ihrem Leben –, das war es doch, was Christine hatte verstehn sollen damals!

Versteht man andere, wenn man Barbara ist und sich selbst kaum versteht? Denkt man an das, wofür vier Männer gekämpft und gelitten haben, wenn man selbst gar nicht leidet und selbst gar nicht kämpft? Wenn man still sein, träumen, in Ruhe gelassen werden möchte, jedenfalls in der Mittagspause und jedenfalls von der jungen Frau Wolter, die sich einem auf den Schreibtisch setzt und an einem Brötchen kauend ihre Küchenmöbel beschreibt: Silbergrau und mit Rosa. Ob das nicht zu pompös sei für eine Buchhändlerin.

Barbara hatte sich noch keine Gedanken gemacht über Pomp und wieviel davon einer Buchhändlerin zusteht. Barbara war zu Hause mit ihren Gedanken. Tags zuvor stand Burkhard vor der Tür mit einem Strauß gelber Rosen. Ob er ihr damit eine Freude machen dürfe. Denn das fragte er noch.

Denkt man da an die Freuden, die andern versagt sind?

An Rassenhaß und Raketen. An Lebensmittel, die vernichtet werden, und Lebensmittel, die andernorts fehlen. Denkt man, wenn man an sich denkt und an Mann und Frau denkt und ans Ganzsein und ans Lieben und an all das, was man willig oder widerwillig, lust- oder angstvoll je hat mit sich geschehen lassen, und an all das, von dem man gewollt hatte, daß es geschähe, nur geschah es einem nicht, und nun war man über dreißig, und nun geschah es einem doch! – denkt man da an das, was auf der Erde geschieht?

Auf dieser großen Erde, auf der das Land, in dem man lebt, nur ein winziger Fleck ist, dann jedenfalls, wenn man sie sich als den Globus vorstellt, der in Wannwitzens Büro auf dem Schreibtisch steht. Und man selber, nach diesem Maßstab, ist überhaupt nicht zu sehen. Ist nur ein mikroskopisch winziges Pünktchen unter anderen Pünktchen, die da herumwimmeln, zur Arbeit, einkaufen, nach Hause gehen. Oder von der Arbeit mit der Straßenbahn nach Hause fahren und dann erst in die Kaufhalle gehen wie Barbara und Christine. Über den Parkplatz, an der Litfaßsäule vorbei. Im Feierabendbetrieb. Es ist alles wie immer. Es ist alles ganz anders. Das Alte ist vergangen, hatte Barbara damals gedacht.

Es ist ihr Konfirmationsspruch. 2. Korinther 5,17: Das Alte ist vergangen, siehe, es ist alles neu geworden. Die Knöpfe an ihrem Radio ließen sich wieder drehen. Der Plattenspieler jaulte nicht mehr. Das Fensterbrett könnte man verbreitern, und zwar so, daß sie alle ihre Kakteen dort würde aufstellen können. Ja wirklich, Burkhard, das ginge?

Möglich.

Auch eine Markise anzubringen war möglich. Und Halterungen für Balkonkästen zu schmieden. Und neue Speichen einzuziehen bei ihrem Rad.

Du bist der beste Mann der Welt, sagte sie, als sie vor

dem Haus eine Runde fuhr. Burkhard lachte und schien auch das noch für möglich zu halten.

Das Alte ist vergangen, dachte sie damals. Als Burkhard sie um einen Zollstock bat, aber den werde sie wohl nicht haben. Ein Zentimetermaß oder ein Lineal – das gehe auch, um die Nische auszumessen, in die er ihr ein Regal bauen wolle. Und es hatte doch noch nie ein Mann für sie etwas gebaut! Außer Christian, der aber ein Freund war, einer, mit dem man über Gott und die Welt reden konnte und der hier nicht zählte, weil er ihre Couch nur reparierte, aber nicht auf ihr lag.

An den Regalbau erinnert sie sich noch gut.

Sie hatte damals mithelfen dürfen beim Bauen. Die Bretter gehalten, wenn Burkhard sägte, die Schrauben und Dübel, nur den Bohrer nicht, der war nichts für sie. Aber Burkhard! Ich bin doch kein kleines Kind mehr! Und Burkhard blickte bedeutsam. Das habe er am Mittwoch gemerkt.

Es war ihr ja selber neu, daß sie es ihn so gern merken ließ. Daß sie am liebsten so richtig verführerisch gewesen wäre für ihn, mit Bauchtanz, gefährlichem Lächeln, raffiniertem Entkleiden und so. Aber das alles konnte sie nicht. Nur am Handgelenk festhalten konnte sie ihn. Ihm den Schraubenzieher aus der Hand nehmen. Ihn ansehen. Und dann ein paar Kleinigkeiten noch, aber die Kleinigkeiten haben gewirkt.

Sie weiß noch sehr gut, wie er rot wurde, schluckte. Wie er tief einatmete und tief wieder aus. Und wie das Ausatmen klang: zitternd und aufgeregt. Wie er bald noch viel aufgeregter war und sie ihn streichelte, den Kopf, den Rücken, die Hüften. Wie sie immerzu „ja doch" sagte, während er keuchte und stöhnte. Weich, begütigend, mütterlich: Ja doch – ja – ja doch. So, als müsse er getröstet werden.

Und dann war er getröstet.

Und blieb auf ihr liegen.

Und sie, wach und nüchtern geblieben bei alldem, war sehr zufrieden gewesen mit diesem Ausgang der Dinge.

Lange danach, als das Regal an der Wand schon längst festgeschraubt war, als schon die ersten Bücher drauf standen, war sie im Bad vor den Spiegel getreten, hatte nachdenklich ihre zu klein geratenen Brüste betrachtet und plötzlich zuversichtlich gedacht: Ach was! Irgendwie wird es schon reichen!

Denkt man in solchem Augenblick an das, was in der Welt noch nicht reicht?

Natürlich nicht. Wenn Barbara in globalen und säkularen Maßstäben denkt, ist sie durch das Fernsehen dazu angehalten, durch das Radio oder die Zeitung.

Wenn Barbara vor dem Fernseher sitzt und eine Sendung über den Nürnberger Kriegsverbrecherprozeß verfolgt, wenn sie den Büstenhalter, an dem sie grad einen Träger festnäht, sinken läßt, weil der Sprecher eben eine Aussage Görings zitierte: Selbstverständlich wurde da und dort auch geschlagen – und sie kommt nicht über dieses „selbstverständlich" hinweg, selbstverständlich, denkt sie, wurde geschlagen – wenn sie dann den sowjetischen Ankläger hört: Im Namen Millionen unschuldiger Menschen ... im Namen des Glücks ... – dann denkt sie wirklich an das Glück von Millionen.

Wenn sie abwaschen, staubsaugen, staubwischen muß, wenn sie, um die gewaschenen Gardinen anzubringen, den Tisch besteigt, der am Fenster steht, und wenn sie zu dieser langweiligen Arbeit das Radio eingeschaltet hat, in dem ein Soldatenchor singt: Vaterland, kein Feind soll dich gefährden – dann denkt sie wirklich an ein Vaterland und daß kein Feind es gefährden soll, woran ein Feind, wie sie weiß, sich aber nicht hält.

Nur ist das Vaterland, an das sie denkt, ein altes und

großes. Es ist ein unsichtbares, geographisch und zeitlich nicht zu bestimmen. Jesus und Spartakus kommen von dort, Franz von Assisi und Thomas Müntzer. Und Marx und Lenin und Albert Schweitzer und Pablo Neruda. Und Hannelore, das ist es ja. Und eine Frau Gorgas vom Wohnungsamt. Und Elke Schmidtgen, Barbaras Ärztin. Und alle, die Widerstand leisteten gegen Hitler. Alle, die lieber singen als brüllen, lieber Farben sehen als Feldgrau, lieber auf dem Sportplatz einen Gegner haben als auf dem Schlachtfeld. Fast alle, die dichten, komponieren, malen. Und alle, die ...

Wenn Barbara ihre gewaschenen Gardinen anbringt und das Lied vom Vaterland, das kein Feind gefährden soll, leise mitsingt, „denn es gibt kein andres Land auf Erden, wo das Herz so frei dem Menschen schlägt", dann denkt sie das wirklich, und fast hätte sie dazu noch amen gesagt.

Denn Barbara ist immer noch eines Glaubens.

Wenn auch eines andren als damals, da sie zur Jungen Gemeinde ging und monatelang aus dem Grübeln nicht rauskam.

Sie saß auf einer der grauen Bänke in der Taufkapelle, und Pastor Rinnt-Förster, vorn am Taufstein, sprach von der Sexualität wie von einer gefährlichen Krankheit, von unserem Streben nach Selbständigkeit, unserem Stolz, unserem Ehrgeiz. Barbara grübelte, weil sie an Sexualität, Stolz und Ehrgeiz erkrankt war.

Oder sie saß auf einem der hellen Stühle im Gemeinderaum, wo Pastor Rinnt-Förster erklärte, früher seien unsere Zeitungen nicht so mit Sex verpestet gewesen wie heute. Und sie rang mit der Frage: Welche Zeitungen liest er denn bloß!

Vor allem grübelte sie, als sie aus Leipzig zurückkam. Da, nach zweieinhalb Jahren, besuchte sie wieder ihre Junge Gemeinde. Inzwischen wußte sie, daß es auch Pastoren gibt, die anders sind als Pastor Rinnt-Förster. Aber in Wilkenitz gab es nur ihn. Recht auffällig oder recht lange muß sie ihn damals betrachtet haben, denn sie weiß noch, daß er sie ansprach. Barbara? Hast du mir etwas zu sagen? – Eigentlich ja, dachte sie und schüttelte verneinend den Kopf.

Es gab noch immer das Kruzifix über der Tür. Den Bastteppich mit dem Bild von Petri Fischzug wie immer an der Wand gegenüber. Das Harmonium in der Ecke war noch immer kaputt.

Derselbe Raum. Dieselben Gesichter. Derselbe Wochentag wie früher: Dienstag. Nur dieselbe Barbara nicht.

Man betete. O Herr, mache mich zum Werkzeug deines Friedens ...

Die Topfpflanzen, sah Barbara, statt die Worte mitzusprechen – daß ich Liebe übe, wo man sich haßt, / daß ich verzeihe, wo man sich beleidigt, / daß ich verbinde, wo Streit ist, / daß ich Hoffnung wecke, wo Verzweiflung quält –, die Topfpflanzen standen auch noch am Fenster, nur hatte sie inzwischen ein anderer gepflegt, mehr schlecht als recht, wie sie sah. Das Zypergras war an den Blattspitzen braun, die Sansevieria stand hinter der Begonie zu dunkel. Auch draußen war es dunkel geworden. Der Sommerabend. Die duftenden Linden vorm Haus.

Und das Murmeln im Zimmer. Die gesenkten Köpfe ringsum.

... daß ich ein Licht anzünde, wo die Finsternis regiert ... Franz von Assisi, den mochte sie. Aber sie wollte den Kopf nicht mehr senken.

Ob es verkehrt sei, fragte sie nachher den Pastor, ob es nicht richtig, nicht christlich sei, was sie in Leipzig gelesen hatte: alle Verhältnisse umzuwerfen, in denen der Mensch ein erniedrigtes, ein geknechtetes, ein verlassenes, ein verächtliches Wesen ist. – Wen sie zitierte, verschwieg sie. Der Pastor, schon im Türrahmen stehend, behielt ihre Hand in der seinen. Sein Händedruck schmerzte. Unser Gott, sagte er und sah sie durch seine Brille eindringlich an, unser Gott läßt sich von deinen intellektuellen Böllerschüssen nicht beeindrucken.

Sie war verblüfft. Sie hatte nicht Gott, sie hatte ihn doch gefragt!

Das war ihr letzter Besuch in der Jungen Gemeinde. Sie brachte Christian, mit dem man einmal über Gott und die Welt reden konnte, jetzt aber nur noch über Gott, und darum wollte er auch ihr Freund nicht mehr sein, noch das versprochene Plattenalbum. Sie hielt Adelheid, die mit ihr manchmal an den Trintsee gefahren war, in der Hauptstraße an. Adelheid! Warum kommst du denn nicht mehr zum Schwimmen. Adelheid stieg vom Rad. Sie habe keine Zeit. Keine Zeit? Was hast du denn für Katzen zu kämmen! Adelheid habe, so kam's dann heraus, noch keine Klarheit vom Herrn, ob sie die Freundschaft mit Barbara fortsetzen dürfe.

Freundschaft! Barbara wollte aus Wilkenitz fort.

Die Arbeitsstelle, von der Hannelore ihr damals geschrieben hatte, war aber, als sie sich darum bemühte, schon wieder besetzt. Sie studierte die Anzeigenteile der Zeitungen, gab selbst eine Anzeige auf, wartete, schrieb, telefonierte, schickte Zeugnisabschriften, Lebenslauf und Bewerbung. Eines Tages saß sie wieder im Zug. Dann stand sie in einer Bahnhofshalle, die ihr noch fremd war. Sie ging über einen Bahnhofsvorplatz, der ihr der Blumenrabatten wegen gefiel. Sie schleppte zwei Koffer eine ihr endlos scheinende Heinestraße entlang, die aber nicht, wie sie zuerst dachte, nach dem Dichter hieß, sondern, wie an einer Ecke ein rostendes Schild sie belehrte, nach „Therese Heine, 1881, Wohltäterin".

Barbara setzte die Koffer einen Augenblick ab. Ihre

Handflächen brannten, wie der Spott oft gebrannt hatte über die getragenen Sachen, die sie anziehen mußte als Kind. Barbara fragte sich mit einem schrägen Blick auf das Schild, welche Wohltaten diese Therese wohl verübt haben mochte und vor allem, an wem.

So war sie damals hierher gekommen. In diese Stadt, zu ihren jetzigen Kollegen, deren Leiter Wannwitz. Festen Glaubens an die Richtigkeit des in Leipzig Gelesenen: alle Verhältnisse umzuwerfen, in denen der Mensch ...

Nur, daß Herr Wannwitz nicht gefaßt war auf die umwerfende Art Barbaras.

In einem hatte Herr Wannwitz recht, beim Betriebsfest: Von dem, was in der Welt vor sich geht, machen Sie sich ja keinen Begriff! Sie machte sich wirklich keinen. Begriffe waren nicht ihre starke Seite. Was sie sich machte, waren Vorstellungen, und die verbanden sich mit dem, was sie sah.

Sie streifte damals wochenlang durch die Stadt.

In einer engen Straße sah sie staunend an der Backsteinfassade des Ordonnanzhauses empor. In der Krypta des Doms beugte sie sich bei Kerzenlicht über Tafeln mit Namen von Christen, die ihren Widerstand gegen Hitler mit dem Leben bezahlten. Bald wußte sie, wo die erste Gaskammer stand. Am Rande eines verkehrsreichen Platzes, der jetzt nach einem russischen Dichter benannt ist, ging sie eine mannshohe Ziegelmauer entlang. Hinter der, wußte sie, befand sich die zweite. Achttausend Tote. Vergeßt es nie, schrie eine Tafel sie an.

Die Vorstellungen, die sie sich machte, wurden auch genährt durch die Briefe des Vaters.

Was immer in der Welt vor sich ging, in den Ländern, die sie nie sehen würde, was sie auch hörte über Tarifverhandlungen, Streiks, Arbeitslosigkeit – bei jedem dieser Wörter hatte sie das Ende des Mannes vor Augen, von dem die Mutter ihr sagte, sie sei ihm sehr ähnlich. Du bist wie dein Vater! Du wirst noch enden wie er! Der Vater war in Westberlin nicht gestorben, sondern geendet. Er hatte seinem Leben ein Ende gemacht, weil es von selber keins nehmen wollte und nicht enden wollende Verzweiflung zuviel ist für einen Menschen. Nicht enden wollende Freizeit. Nicht enden wollende Geldnot. Nicht enden wollendes Warten.

Wenn Barbara allein ist, muß sie manchmal ein Wort ausprobieren, das gefährlich ist für sie, weil es sie süchtig macht: Vater. Damit meint sie freilich, sie weiß es selber, ein bißchen mehr als den Mann, an den ihre Erinnerungen spärlich sind, von dem sie nur weiß, was ihr die Mutter erzählt hat, und daß er sie einmal beschützte. Papaaa! Mutti will mich schon wieder haun! – Schon wieder, mein Goldchen? Na dann komm mal schnell her. So. Nun schließen wir ab. Nun kann die Mutti nicht rein.

Er gab ihr Nüsse aus seinem Schreibtisch. Er hob sie auf seine Knie, schob Bestellungen, Rechnungen, Briefe beiseite und zeichnete ihr einen Ochsen auf dünnes gelbes Papier.

Auch an Milchholen zu zweit erinnert sie sich. An Fahrten auf seinem Fahrrad im Körbchen. An den bitteren Bierschaum, den sie kosten durfte aus seinem Glas. Aber ein Schutz, unter den man sich vor vielen Jahren begab, und ein bitterer Nachgeschmack, das ist zuwenig, um einen Menschen zu kennen. Von dem man sonst nur Papiere hat. Ein paar Fotos und Briefe, die die Mutter einem übergab, als man erwachsen war.

Die Fotos verweigern die Auskunft.

Nur, daß der Vater hübsch war mit siebzehn, versichert das eine. Daß die Husarenuniform ihm gut stand.

Er muß den Mädchen gefallen haben „als Freiwilliger", wie es mit Bleistift auf der Rückseite des Fotos steht, dazu sein Name, Frey, und die Jahreszahl 1914.

Doch die Mutter des Vaters – ein Gesicht voller Gram. Die Brüder und der Vater des Vaters – verschlossene Gesichter. Was das für Leute waren, gibt das Foto nicht preis. Ein verschwiegenes Bild.

Die anderen Bilder – genauso. Der Vater bei einem Spaziergang neben der Mutter. Der Vater an der Bandsäge. Der Vater Kaffee einschenkend während eines Ausflugs beim Picknick.

Du bist wie dein Vater. Der wollte auch immer mit dem Kopf durch die Wand. Der wollte auch nie hören auf mich.

Wenn Barbara der Mutter mißfällt, tritt die Ähnlichkeit mit dem Vater immer ganz besonders hervor.

Aber Morddrohungen auszustoßen sieht ihr nicht ähnlich. „Wenn ich je erfahren sollte, und ich erfahre es", schrieb der Vater schon in seinem zweiten Brief aus Westberlin, „daß das Kind um eines Mannes willen von Dir vernachlässigt wird, dann könnt Ihr Euch, Du und der Kerl, für den Totengräber bereitmachen. Das ist keine leere Drohung. Ich bitte Dich, nimm sie ernst."

Dergleichen ernst zu nehmen, das sieht ihr ähnlich.

Sosehr es Barbara bewegt, daß da vor Jahren ein Mann, einsam, allein, auf die Sechzig zugehend, immer wieder die Mutter bat: „Eins mußt Du mir versprechen: Entfremde mir nicht das Kind!", sosehr es sie auch rührt, eine Zollerklärung wie diese zu lesen: „Dies Paket enthält keine Handelsware, es ist nur eine Geschenksendung zum Geburtstag meines Töchterchens Bärbel", so inbrünstig sie auch jetzt noch, nach dreißig Jahren, der Versicherung glaubt: „Dein Vater würde Dich immer wiedererkennen, auch wenn Du nun schon so groß geworden bist, aus hunderttausend gleichaltrigen Mädchen würde er Dich herausholen und sagen: Dies ist mein Liebstes und bleibt mein Allerliebstes, solange ich lebe" – das andere, das mit dem Totengräber, und daß er es wahr gemacht hätte, das glaubt sie auch.

Barbara, anders als Burkhard, anders auch als Christine, Solvejg und ihre Kollegen, wird von dem Wort Arbeitslosigkeit getroffen. Weil für sie dazu ein Augusttag, ausströmendes Gas in der Küche und ein Grab in Berlin-Lichterfelde gehören. Und Sätze aus Briefen: „Hier im goldenen Westen wird Dir bestimmt nichts geschenkt. Wenn Du hier nicht eiserne Nerven hast, gehst Du bald vor die Hunde." Oder: „Wenn es mir bisher auch nicht allzu schlecht ging, so froh wie ich manchmal bei Euch war, bin ich in den vier Jahren hier noch nicht einmal gewesen."

Der Vater fing an zu trinken. Obwohl es ihm nicht allzu schlecht ging.

Er schrieb: „Mein liebes Bärbelchen! Liebe Anne! Heute will ich Euch endlich wieder einmal schreiben. Zuallererst bitte ich um Verzeihung, daß ich Euch zu Pfingsten nichts geschickt habe. Es ging nun mal nicht, wie ich wollte. Wie ihr wißt, bin ich umgezogen. Ich wohne nicht mehr zur Untermiete, sondern habe ein Leerzimmer und eine Küche gemietet. Das hat eben auch etwas gekostet. Mußte mir ja ein paar Klamotten in die Bude stellen, wenn auch bloß solche vom Altwarenhändler. Allerdings ein kleines Päckchen hätte ich doch schicken können. Aber die paar Mark, die ich dafür gedacht hatte, habe ich gemeinerweise versoffen. Da half mir auch anderntags keine Reue. Immer wieder kam mir als Vorwurf vor Augen: Nun wartet meine Bärbel vergebens. Für mich waren es die traurigsten Pfingsten, die ich je erlebt habe."

Es waren auch seine letzten.

Bald danach schnitt er sich an der Kreissäge die oberen Glieder des linken Mittelfingers ab und war wochenlang krank. Das Kind wünschte sich eine Mundharmonika zum Geburtstag und bekam sie. Die Mutter bekam einen Brief.

„Ich ließ mich gesund schreiben", stand in dem Brief, „obwohl ich es noch nicht ganz war. Aber ich hatte wieder Arbeit gefunden. Darum konnte ich ja auch den kleinen Wunsch des Kindes erfüllen, und darüber habe ich mich vielleicht mehr gefreut, als sich das Kind freuen kann. Jedoch am 2. 6. sagte mein Arbeitgeber zu mir: Herr Frey, es tut mir leid und so weiter, ich muß Sie entlassen. Ja, liebe Anne, das ist nun mal nicht anders. Besonders wenn man wie ich über die Sechzig hinaus ist. Nun war wieder alles umsonst."

Wieder, denkt Barbara. Alles. Umsonst.

Genau darum, denkt sie, im dunklen Zimmer im Bett liegend mit offenen Augen, ist es zwischen ihr und Herrn Wannwitz gegangen. Vor wenigen Stunden. Beim Betriebsfest, in der Gaststätte, als sie unter der Kukkucksuhr stand. Daß, wenn eine Mühe, eine Anstrengung, eine Tapferkeit umsonst war, es für einen manchmal wie „alles" aussehen kann.

Im Kampf um das unsichtbare Vaterland, das kein Feind gefährden soll, findet Barbara, gibt es Positionen, die man nicht preisgeben darf. Was Barbara nicht preisgeben will, ist etwas anderes, als Herr Wannwitz meint, wenn er sagt: Ich in meiner Position ...

Er in seiner Position kann sich dieses und jenes nicht leisten. (Zu einer Demonstration nicht zu kommen, einer Kranzniederlegung.) Er kann es sich nicht leisten, einer Ausstellungseröffnung, einer Schriftstellerlesung fernzubleiben. Doch er kann sich leisten, lange Reden zu halten, die Blicke zu übersehen, die man ringsum tauscht, das Räuspern, Flüstern, Kichern, Murren und Scharren zu überhören.

... unsere einzige echte Leistungsreserve ... schöpferische Atmosphäre ... das Verkaufsgespräch, das Hauptinstrument unserer täglichen Arbeit, fruchtbar zu machen ... (Instrumente fruchtbar machen! Barbara, hör doch nicht hin!)

Aber sie hörte hin. Und wie jeder hatte sie den Verlauf der Kassengeschichte noch gut im Gedächtnis. Wie jeder wußte sie, daß das Argumentieren mit dem Verkaufsgespräch ihnen damals gar nichts genutzt hatte, daß Herr Wannwitz gegen die Kasse gewesen war. Wie fast jeder wußte sie auch warum.

Im Februar und in den ersten Tagen des März, in den ersten schönen Wochen mit Burkhard also, als es noch einmal kalt wurde, aber nicht ihr, als es den Vögeln, dem Wild und den Obstbäumen schlechter ging, aber nicht ihr, als Herr Wannwitz zum zweiten Mal für die Buchhandlung die Bevorratung mit festen Brennstoffen absicherte, während er zu Hause noch einmal Kohlen bekam, hatte es angefangen. Das Weihnachtsgeschäft mit seinen Nachwirkungen war gerade vorüber. Sie hatten wieder die Nachteile der alten Einrichtung – jede Abteilung eine eigene Kasse – gespürt. Man sollte Kunden beraten, und man mußte kassieren. Man sollte den Verkaufsraum im Auge behalten, hier einen Stapel Kalender vor dem Umgestoßenwerden bewahren, dort jemandem, der eine Platte hören wollte, die richtigen Kopfhörer geben, den Weg in die Kinderbuchabteilung zeigen, schon bezahlte Platten und Bücher einpacken, die Regale auffüllen und wieder kassieren.

Man sollte Auskunft geben über Lizenzplatten, ob eine Gitarrenschule vorhanden sei, ob es einen Klavierauszug gebe von ... Das alles konnte beim Kassieren zu Fehlern führen. Sie hatten es damals Herrn Wannwitz gesagt.

Man kann nicht mit Bargeld rechnen und gleichzeitig mit Störungen. Kann nicht dem einen Kunden noch den Kassenzettel ausfüllen und dem zweiten schon eine Frage beantworten, nicht für den ersten den Betrag registrieren und gleichzeitig das Verhalten eines dritten Kunden. Man kann sich doch nicht zerreißen!

In anderen Städten, in Buchhandlungen vergleichbarer Größe, waren deshalb zentrale Kassen eingeführt worden. Eine Kasse für sämtliche Abteilungen, besetzt von einem hauptamtlichen Kassierer, der nichts beantworten, nichts erklären, nichts beobachten sollte, der nur achtgeben mußte auf die Kasse. Während die Buchhändler verkauften.

So wollten sie es auch.

Es gehe nicht, erklärte Herr Wannwitz. Er habe die fünf Registrierkassen gerade erst erstanden. Die könne er doch jetzt nicht verschrotten!

Das hatte auch keiner verlangt. Für die fünf Registrierkassen hätten sich wahrscheinlich schon damals Abnehmer finden lassen. Nicht abgenommen wurde Herrn Wannwitz, daß er gerade keine Zeit habe, darüber zu reden. Er komme zum geeigneten Zeitpunkt auf das Thema zurück.

In den nächsten Wochen eignete sich keiner. Es gab mehrere Versuche, Herrn Wannwitz an das versprochene Gespräch zu erinnern. Er war zerstreut. Er war unwirsch. Er hatte es eilig.

Eilig habe er es ja immer, maulte Frau Kaldyk. Auch ihr Schwiegersohn, der Chefarzt, habe gesagt: So viel Zeit müsse sein. Was heißt Zeit, knurrte Solvejg; und nicht nur Frau Möllmann, auch Herr Wannwitz fand sie nun unverschämt, fügte sie doch hinzu, er wolle bloß nicht.

So lasse er nicht mit sich reden. So nicht!

Frau Großkreuz, die hinter ihrem Rücken, der vielen

Ketten wegen, die sie oft gleichzeitig trug, von manchen Kollegen Frau Elster genannt wurde und die als Gewerkschaftsvertrauensfrau die Interessen der Kollegen Herrn Wannwitz gegenüber nach bestem Wissen vertreten sollte, nahm diesmal ihr zweitbestes Wissen.

Gut, sagte sie kurz vor dem Ende einer Mittagspause, als die meisten schon vom Essen und mit Einkäufen zurückgekommen waren. Nun gut. – Ihr Zeigefinger verwickelte sich in eine Reihe weißglitzernder und eine Reihe mattglänzender Perlen. – Sie verstehe ja die Kollegen. Aber sie verstehe auch Herrn Wannwitz. Die fünf nagelneuen Registrierkassen ... Sie wiederholte, was schon Herr Wannwitz vom Verschrotten gesagt hatte, und wußte doch am besten, daß es eine Ausrede war.

Nun ist eine Mittagspause, besonders wenn sie dem Ende zugeht, eine unruhige Zeit. Noch während Frau Großkreuz sprach, hatte Frau Becker den Aufenthaltsraum betreten. Sie stellte ihren Korb auf den Tisch und äffte Herrn Wannwitz nach, der seine Weisungen und Mitteilungen mit „Es ist folgendes" einzuleiten pflegte. Es ist folgendes, sagte sie und legte einen in Folie gewickelten Fisch vor Barbara hin. Es ist die große Biskaya-Sardine.

Barbara sah gerade, wie Frau Lorenzen beim Aufstehen ein Philodendronblatt zwischen Schrank und Stuhllehne klemmte. Frau Lorenzen! Jetzt haben Sie das Blatt abgerissen!

Na und? Soll ich es nun wieder ankleben?

Noch ehe Barbara den Pflanzentrog etwas beiseite rücken und weiteres Unheil für die Blumen verhindern konnte, die ihre Blumen waren, wenn sie gegossen werden mußten – Ihre Blumen müssen gegossen werden, Fräulein Frey! – und unsere Blumen, wenn sie gediehen – Unsere Blumen machen sich gut! – waren alle aufgeschreckt durch Solvejgs klagenden Ruf: Ach du

Scheiße! Schon eine Minute drüber! Wir müssen aufmachen, Mensch!

Damals, in dieser Unruhe, hatte Barbara nur gespürt, daß Frau Großkreuz wider besseres Wissen sprach. Daß es noch etwas anderes geben mußte, einen anderen, wichtigeren Grund, die Kasse abzulehnen, für sie und Herrn Wannwitz. Aber was war den beiden wichtig.

Es ist, denkt Barbara und hat plötzlich eine Szene ihres Urlaubs mit Burkhard vor Augen, es ist immer das gleiche: Geld.

Es ist eine Szene im Bus nach Třinec, an die sie da denkt. Sie hatten, eine Gruppe deutscher Touristen, schon einen zweitägigen Aufenthalt in Prag und eine mehrstündige Bahnfahrt hinter sich, und Barbara, während des letzten Stücks im Bus, war plötzlich übel geworden. Sie hatte Kopfschmerzen bekommen. Sie saß ganz hinten im Bus, wo man jedes Holpern, jede Unebenheit der Straße deutlicher spürt als auf den anderen Sitzen. Burkhard war im Mittelgang nach vorn gegangen und hatte einen Herrn gefragt, ob er den Platz tauschen würde. Doch bevor der antworten konnte, tat das bereits seine Frau: Seien Sie mir nicht böse, aber mein Mann hat das gleiche Geld bezahlt wie Sie.

Das gleiche Geld. Es ist immer das gleiche Geld, hatte es unter Barbaras Schädeldecke bis Třinec gehämmert. Es verfolgte sie bis in den Schlaf. Es ist immer das gleiche. Geld.

Sie war den Satz nicht mehr losgeworden, im Urlaub mit Burkhard. Dieser Satz hatte sie auf die Berge, die sie erstiegen und in die Restaurants, die sie aufsuchten, begleitet. Er hatte sich immer von neuem gemeldet, bei jeder Briefmarke, die sie brauchte, jedem Eis, das sie aß. Er hing auch bald schon mit etwas ganz anderem zusammen, verhakte sich häßlich zwischen Burkhard und ihr.

Herr Wannwitz jedenfalls war gegen die Kasse des

Geldes wegen gewesen. Der Umsatzprämie wegen, die er bekam.

Einem Stellenplan zufolge, hinter dessen Geheimnisse Barbara immer noch nicht gekommen ist, zählen Herr Wannwitz und Frau Großkreuz zu den Mitarbeitern der Gewi-Abteilung. Die Abteilung Gesellschaftswissenschaften macht den größten Umsatz und hat die wenigsten Kollegen. Die Sachbuchabteilung macht den kleinsten, hat aber die meisten Kollegen. Die Abteilungen Kinderbuch, Musikalien und Belletristik liegen dazwischen. In der Gewi-Abteilung gab es die größte Prämie, in der Sachbuchabteilung die kleinste. Eine zentrale Kasse bedeutete ein gemeinsames Soll und gleiche Umsatzprämie für alle.

Herr Wannwitz hatte sich damals lange gesträubt. Es gab, was Barbara geflissentlich übersah, noch andere Schwierigkeiten für ihn. Zum Beispiel eine Änderung des Stellenplans, die nun wirklich nicht leicht zu erreichen war. Sie brauchten ja dann einen hauptamtlichen Kassierer.

Frau Großkreuz konnte die Kollegen bald besser verstehen. In der Zeit des Schulbuchverkaufs mit dem gewöhnlich großen Andrang mußte sie ein Protokoll unterschreiben, weil ihre Kasse nicht stimmte. Sie begleitete durch die abendlich leeren Straßen Frau Schufft zum Tresor. Fix und fertig bin ich, jammerte sie. Nach solchem Betrieb! Frau Schufft warf den Geldbeutel ein. Sie können mir glauben, beteuerte Frau Großkreuz, ich hab aufgepaßt beim Kassieren. Aber man kann sich doch nicht zerreißen!

An das alles hatte wohl nicht nur Barbara denken müssen, als Herr Wannwitz vor etlichen Stunden von der Tatkraft aller Kollegen sprach. Wie sehr er sich freue, daß immer auch mit Köpfchen gearbeitet werde. Aber, so sagte er und warf einen Blick auf seine lindgrünen

Blätter, buchhändlerische Arbeit sei auch politische Arbeit. (Wieso denn „aber", hatte Solvejg sich an dieser Stelle halblaut vernehmen lassen.)

Weil jeder wußte, daß Herr Wannwitz gegen die Kasse war, die er so lobte, war Unruhe entstanden im Raum, äußerte man Unbehagen, Mißbilligung, Staunen und Heiterkeit. Und Barbaras Abneigung gegen Herrn Wannwitz hatte wieder angefangen, sich heftig zu melden.

Aber sie blieb noch still. Laut wurde sie erst später, als Herr Wannwitz sein Urteil über Selbstmörder abgab. Jetzt verdrehte sie nur die Augen als Antwort auf die Blicke Christines. Sie flüsterte Burkhard nur zu: Nun hör dir das an! Denn letztlich hatten sie die Kasse bekommen. Es lag kein Grund vor, sich erneut einen Ruck zu geben, sich aufzuregen, sich einzusetzen, in Tatendrang zu entbrennen. Das war ja alles vorbei. Das war im Frühjahr gewesen: daß Barbara nach einer Versammlung sich mit heftigen Bewegungen den Mantel anzog. Sich die Umhängetasche über die Schulter warf. Die Schranktür knallte. Mit energischen Schritten um die Ecke bog. Und es war zwar noch kein Choral gewesen, wie Solvejg argwöhnte, was sie da summte, nur etwas aus einer Oper. Aber immerhin: „Wenn jeder erglühte für Wahrheit und Recht." Barbara war damals für Wahrheit und Recht erglüht. Sie war erglüht, statt einen kühlen Kopf zu behalten.

IV

Erst nachdem Herr Wannwitz und sie so grundsätzlich wurden, nachdem sie Tanzmusik, Rauchschwaden, Uhrzeit und Umgebung vergaßen und Barbara das Lied „Auf, auf, zum Kampf" im Sinn hatte, erst jetzt fiel ihr ein, daß sie nie hatte herausfinden können, wie Burkhard darüber dachte. Übers Kämpfen. Gegen Herrn Wannwitz natürlich. Und für Wahrheit und Recht.

Sie erinnert sich zwar noch genau an die erste Versammlung, die nicht im Aufenthaltsraum stattfand, der gerade renoviert wurde, sondern in der Rechnungsabteilung; sie hatte direkt am Fenster gesessen, vor dem Thermokopiergerät, hinter Solvejg, neben Christine. Sie weiß auch noch, daß Burkhard auf sie wartete, während Herr Wannwitz Fragen stellte, und nicht vergaß zu sagen, wohin, in den Raum nämlich. Ich stelle die Frage nach der Umsatzprämie nur mal so in den Raum.

Burkhard, in seinem Auto, wartete, während Herr Wannwitz, auf und ab gehend vor dem großen Packtisch, weitere Fragen aufgriff und anschnitt. Während er eine ganze Skala abtastete, auf eine bunte Palette blickte, ein Spektrum entfaltete und breite Kreise einbezog. Während er einhakte, hinterhakte und nachbohrte; immerzu irgendwo dranblieb und alles in den Griff kriegte zuletzt, denn da faßte er zusammen. Ich darf das nun noch zusammenfassen. Und Solvejg verpaßte ihre Straßenbahn und Frau Kaldyk den Bus, weil Herr Wannwitz nun auch noch zusammenfassen durfte, was er zugerichtet hatte, daß es kaum noch zu erkennen war als das Problem, um das es eigentlich ging. Was hat Burkhard damals zu ihr gesagt!

Was hat er gesagt, nachdem sie quer über den Parkplatz gekommen war, nachdem er ihr die Autotür aufhielt, sie sich neben ihn auf den Sitz warf. Das hat aber lange gedauert bei euch. – Ja, du, Burkhard, Mensch, stell dir vor ... Was hat er damals gesagt!

Ihr dürft euch nicht alles gefallen lassen, hat er damals gesagt. Was ist denn das für ein Typ, Mann! hat er damals gesagt. So eine Scheiße, Mann! So ein Mist! – Das allerdings schon nicht mehr über Herrn Wannwitz. Das schon über seinen grünen Trabant, der nicht losfahren wollte und mit dem er es wieder und wieder versuchte, fluchend, schwitzend, schimpfend auf eine Reserve und auf einen Schock, von dem sie doch auch nicht verstand, wovon es ihn hatte, wovon sein Auto diesen Schock erlitten hatte. Sie verstand nur, daß sie nun laufen mußten, und das war ihr recht. Da konnte sie von Herrn Wannwitz erzählen.

Sie erinnert sich, daß ihr die „Schifferklause" einfiel, über deren Schild im Fenster sich Hannelore einmal so amüsierte: „Hier werden warme Speisen verabfolgt". Wenn Burkhard nicht nach rechts ginge, nicht zur Straßenbahn, sondern nach links, an der Normaluhr und den Springbrunnen, in denen verrottendes Laub lag, vorbei, wären sie doch schon auf dem Wege dorthin. Vielleicht, wenn er bis dahin aufhörte mit dieser Scheiße und diesem Mist – So eine Scheiße, Mann! So ein Mist! Immer wenn du dabei bist! Nie kann ich dir was beweisen! –, wenn die Röte aus seinem Gesicht bis dahin verschwände, könnten sie sich eine warme Speise verabfolgen lassen. Vielleicht würde er sich erklären lassen, wie das mit der Umsatzprämie von Herrn Wannwitz gemeint war. Gehn wir hier lang, Burkhard? Er ging wahrhaftig nach links.

Gehorsam beschleunigte sie ihre Schritte. Willig ließ sie sich an der Bank mit den alten Männern vorbeiziehen, weil Burkhard nicht wollte, daß sie stehenblieb bei dem Ziehharmonikaspieler. Mit Genugtuung vermerkte sie bei sich, daß er mitpfiff: Auf der Reeperbahn nachts um halb eins. – „Rosamunde", brummte er anschließend, wobei er schon wieder ganz friedlich klang, „Rosamunde" sei auch so ein alter deutscher Schlager. – Barbara verschwieg ihm, daß „Rosamunde" zwar alt ist, aber nicht deutsch, denn sie kamen der Tür mit den bunten Scheiben näher, und man konnte die warmen Speisen schon riechen.

Es wurde nichts daraus.

Burkhard, ob er nun mitpfiff oder nicht, Burkhard, ob er ein Mädel hatte oder halt keins, Burkhard auf der Werftstraße abends um acht, hatte damals um halb neun bei seinem Kumpel sein müssen. Wo sie ein Aquarium bauen und danach „Sechsundsechzig" spielen wollten. Wo sie ein Spiel spielen wollten, bei dem die Unter, wie ihr Günter, Christines Mann, später erklärte, zwar Buben sind, aber genannt werden sie Jungen. Und sie begriff die Sonderstellung der Jungen nicht und nicht, was ausgespielt wird, wer und von wem wann gestochen wird und warum, wann bedient wird. Zuletzt war Günter bedient von ihrer Unfähigkeit; und Christine versuchte zu trösten, Pech im Spiel bedeutet doch Glück in der Liebe. Was Barbara ja auch kommen sah im März, an dem Abend, an dem Burkhard keine Zeit hatte und an dem sie nicht traurig sein sollte. Na klar bist du traurig. Ich kenn dich doch. – Wenn Burkhard sie kannte nach so wenigen Wochen, dann war es ja gut.

Aber warum er sie abgeholt hatte, was er ihr denn beweisen wollte, was denn bewiesen ist damit, daß ein Motor schnell anspringt, hatte sie nicht gefragt.

Denn es war die Zeit, in der sie Beweise nicht brauchte. Es war die Zeit, in der sie Christine beim Dekorieren der Schaufenster helfen mußte, immer wenn ein Fahrzeug des VEB Gebäudewirtschaft vorbeikommen konnte, was allerdings ziemlich selten geschah, und in der sie ans Telefon nicht mehr ging, sondern stürzte.

Es war aber dann nicht Burkhard, der anrief, bloß Herr Wannwitz. Soeben habe er das Schreiben der Kollegen gelesen.

Solvejg, Frau Becker, die junge Frau Wolter und Barbara hatten damals einen Text entworfen, in dem sie ihren Vorschlag, eine zentrale Kasse einzuführen, noch einmal ausführlich begründeten. Frau Tygör, die damit sonst nichts zu tun haben wollte, weil sie in der Rechnungsabteilung nicht von dem Problem betroffen war, hatte ihn nach Feierabend abgetippt; und Solvejg war mit dem Schreiben von Abteilung zu Abteilung gegangen. Frau Hartmann, Frau Kaldyk, Frau Fischer, Frau Becker, Barbara, Christine und die junge Frau Wolter hatten unterschrieben. Daß das Ganze Barbaras Einfall war, stimmte nicht. Es war Solvejgs. Aber Herr Wannwitz rief Barbara an.

Er habe es also gelesen. Die Fragen, die ventiliert würden, seien natürlich berechtigt. Er werde zu diesem Schreiben der Kollegen Stellung nehmen. An seiner Meinung allerdings, das könne er jetzt schon verraten, werde sich nichts ändern. Die Frage, die Barbara daraufhin am Telefon ventilierte, war wohl nicht ganz so berechtigt. Herr Wannwitz wurde laut. Barbara antwortete. Herr Wannwitz wurde noch lauter. Daß er Barbara unterbrach, indem er auflegte mitten in ihrem Satz, war nichts Neues.

Was hat er gesagt, wollte Christine wissen. Sie war auf ihren Turnschuhen aus dem Schaufenster gekommen, das sie allein fertig dekoriert hatte. Nun bohrte sie die

Fäuste in die Taschen ihres farbenbekleckschen weißen Kittels. Was ist denn! Was hat er gesagt!

Es fehlt mir der Überblick, gab Barbara bereitwillig Auskunft. Mir fehlen die richtige Einstellung und der richtige Standpunkt.

Und Herr Wannwitz, dem der Überblick nie fehlt, weil er der Chef ist, der sich immer auf alles richtig einstellen kann, Herr Wannwitz bestimmte damals auch gleich, was ein Standpunkt überhaupt ist. Was sie damals hatte, war keiner. Das war ein falsches Bild. Sie haben ein falsches Bild von den Kunden Ihrer Abteilung, Kollegin Frey.

Es war aber die Zeit, in der sie sich ein Bild machte vor allem von Burkhard.

Endlich wurde es wärmer. Der viele Schnee schmolz. Auf dem Platz vor der Kaufhalle, damals noch nicht gepflastert, standen die Pfützen. In den Beton an der Straßenbahnhaltestelle, als er noch weich war, hatte jemand die Worte „Ich liebe dich" geritzt, das letzte Wort aber nicht tief genug, nur die Rillen der ersten zwei füllten sich bei Regen mit Wasser. In nasser Schrift las Barbara auf ihrem Weg: Ich liebe.

Die Bäume und Sträucher, mit denen das Neubaugebiet im letzten Herbst bepflanzt worden war, begannen zum ersten Mal zu grünen. Zwischen den Wohnblocks sproß zarter Rasen empor. Die Möwen, die im Winter über den Dächern kreisten, um sich ja nichts Freßbares entgehen zu lassen, zogen sich wieder ans Wasser zurück. Günter, Christines Mann, zeigte Barbara die Apfelblüten im Garten. Siehst du das Schwarze da in der Mitte? Alles erfroren! Und Barbara gelang es nicht, das Schwarze zu sehen.

Sie schilderte Burkhard in glühenden Farben, Christine, Hannelore, der Mutter.

Christine, die wußte, daß Barbara einmal dreizehn war und Zöpfe hatte, die dem alten Herrn Heller im Schloß sehr gefielen; daß sie einmal fünfzehn war wie der Ulli von Willhoffs und fromm, sechzehn und so sehr fromm, daß sie lange auf und ab gehen mußte auf einem Bahnsteig mit dem Pastor Rinnt-Förster, weil ihr verstocktes Herz nicht bekennen wollte, auf welche Weise sie sich denn nun schon wieder vergangen hatte an ihrem Leib, der doch ein Tempel Gottes sein sollte – und wie die Tempelschändung vor sich ging, hatte der Pastor erst wissen müssen, bevor er sie ihr vergeben konnte; und daß Barbara einmal achtzehn war und älter als achtzehn; daß sie sich manchmal auf dem Wege von Leipzig nach Wilkenitz hatte mitnehmen lassen in Autos von Männern, die anhielten unterwegs, weil sie ihr noch ein Stück Natur zeigen wollten, und es war dann ein Stück ihrer eignen gewesen; daß Barbara einen Mann kannte, der zwanzig Jahre älter war als sie und Hans hieß, Hans, der es nicht fertigbrachte, ihr Blumen zu bringen, der immer mit Blümchen kam, der ihr Büchlein schenkte und Briefchen schrieb, der ihr Küßchen gab und der auch in ihr Bettchen wollte, wo ihre Brüste dann Brüste sein sollten, sie aber, leider, hatte wirklich nur Brüstchen; und daß Barbara auch einen Alf kannte, einen Kurt, einen Dirk; daß ihr einmal Wodka eingeflößt werden sollte statt Vertrauen – Christine, die oft mit Barbara schimpfte, nicht weil sie prüde war, sondern weil sie um Barbara bangte, Christine begriff, daß Burkhard Barbara Vertrauen einflößte. Na bitte. Sie habe es ja gleich gesagt, damals in der Kaufhalle schon. Aber Barbara habe ja nicht hören wollen auf sie!

Barbaras Mutter, die ihre Tocher immerzu zum Essen aufforderte – iß, Kind, iß, wenn man Heißhunger hat, ist das ein Zeichen, daß der Körper das dringend braucht! – der Körper der Mutter übrigens schien gerade dringend

Erdnußflips zu brauchen, die Barbara gleich tütenweise angeschleppt hatte, weil sie wußte, daß die Mutter sie gern aß –, Barbaras Mutter also begann sich damit abzufinden, daß das Kind nun erwachsen war. Du bist alt genug für einen Mann, sagte sie gefaßt und knisterte stürmisch mit der Erdnußflipstüte.

Barbara, alt genug, über dreißig, mußte der Mutter versichern, daß Burkhard solide ist. Nichtraucher, Nichttrinker. Wo denkst du hin, Mutti. Er ist Sportler, da darf er nicht trinken. Geschieden ist er? Das stimmte die Mutter bedenklich. Geschieden wird man nicht ohne Grund.

Verwundert hörte Barbara, daß an einer Trennung von Mann und Frau immer beide schuld seien. Und du und Vater, wollte sie fragen, ließ es dann aber, führte lieber das Weinglas zum Mund. Burkhard, erklärte sie wortreich der Mutter, nachdem sie das Glas abgesetzt hatte, trage von der Schuld nur die kleinere Hälfte.

Er hat so gute Eigenschaften. Doch, Mutti. Wirklich.

Daß Burkhard ein leidenschaftlicher Angler ist, verschwieg sie, um die Mutter nicht unnötig an den Vater zu erinnern. Auch eine andere Leidenschaft Burkhards behielt sie lieber für sich. Die Mutter und sie dachten in verschiedenen Worten. Wo Barbara „Lust" sagte, sprach die Mutter von „Wollust", was bei ihr immer klang wie Messerstechen, Schmugglerbande, Syphilis und Bordell. Wenn die Mutter die Katzen im Hof fütterte, sorgte sie dafür, daß die Kater nichts bekamen – zur Strafe für ihr schamloses Treiben. Lieber ließ Barbara nicht erkennen, was sie so gern trieb mit Burkhard. Sonst gäbe die Mutter ihr womöglich nichts mehr zu essen.

Hannelore aber –

„Wenn ich" und „hätte ich" und „wär ich doch" denkt Barbara immer wieder. Wenn ich doch nicht mit Burkhard nach Pritzwalk gefahren wäre! Hätte ich ihn doch allein fahren lassen! Wäre ich doch zu Hause geblieben!

Hannelore, die damals Eva-Marita als Geliebte verlor, Hannelore, deren letzter Liebes- und erster Freundschaftsdienst für Eva-Marita in einem tapferen Schweigen bestand, Hannelore hatte Bedenken. Am Anfang sieht man nur die Konturen des anderen, sagte sie. Und die füllt man entsprechend den eigenen Sehnsüchten aus. Aber wenn man sich dann genauer sieht ...

Ach, sagte Barbara, Hauptsache, man ist sich im Wichtigsten einig.

Worin aber das Wichtigste bestand, darüber konnte sie mit Burkhard nicht sprechen.

Oft hatte er keine Zeit.

Wenn sie ihm die Jeans, in die sie ihm einen neuen Reißverschluß eingenäht hatte, zurückbrachte oder die Schuhe, die sie für ihn von der Reparatur geholt hatte, und seine Wohnung leer fand, ihm erst begegnete, als sie schon im Begriff war, das Haus zu verlassen, er aus dem Keller kam, während sie aus der Aufzugtür trat, dann ahnte sie schon, was sie gleich sehen würde.

Vor dem Haus stand sein Auto mit aufgeklapptem Kofferraum, und an der Bordsteinkante stand irgendein schweres Ding, das er einladen und irgendwohin fahren wollte – nein, nein, es war also kein Ding! Sie nahm's schon zurück. Ein Schweißtrafo war es, den sie stehnlassen sollte. Ob sie nicht wisse, was so ein Ding kostet.

Sie wußte es nicht.

Sie wußte nur, daß sie Burkhard an diesem Wochenende wieder nicht sehen würde, weil irgendeinem Willi, Manni, Kalle oder Keule ein Rahmen, eine Achse, ein Schlüssel, Schlüsselbein oder sonstwas gebrochen war, etwas, das geschweißt werden mußte. Oder daß ein Dach zu decken, ein Zaun aufzustellen, ein Aquarium,

Hühnerstall, Eigenheim zu bauen war. Burkhard ist immer so hilfsbereit. Er kann nicht nein sagen, wenn jemand was braucht.

Außerdem mußte er manchmal nach Pritzwalk zu den Eltern fahren.

Oder er mußte angeln gehen.

Oder er mußte laufen.

Ein paarmal, anfangs, war Barbara bei Wettkämpfen mitgewesen. Sie hatte am Ziel gestanden, wenn die Läufer eintrafen, hatte unter den sich Nähernden nach Burkhards roter Sprinterhose und seiner Startnummer gesucht, hatte ihn beglückwünschen wollen, wenn er vom Duschen zurückkam; er war in seiner Altersklasse der Beste. Hatte ihm die Hand schütteln wollen, bevor er über den Rasen zur Siegerehrung ging. Bis sie begriff, daß sie eigentlich störte. Weil er sich austauschen mußte mit den anderen Läufern. Weil noch gesagt werden mußte, bei welchem Kilometer das Seitenstechen einsetzte und wann der Wadenkrampf kam, auch, daß Erwin heute viel besser lief als beim letzten Mal, und wo war denn Roland, den ließ wohl wieder seine Alte nicht los!

Ein Gespräch unter Männern.

Barbara wartete, ging auf der Aschenbahn auf und ab, lehnte am Fußballtor, stand verlegen herum. Bei späteren Läufen stellte sie sich nicht mehr ans Ziel. Sie kam, bevor sie es ganz aufgab, zwar noch drei-, viermal mit, aber sie blieb da schon auf der Strecke.

Um so schöner, wenn Burkhard bei ihr blieb. Wenn er klingelte am Sonnabend morgen, ein Netz in der Hand, eine Tasche. Hier! Ich hab uns frische Brötchen geholt. Und sie frühstückte nicht allein, sondern mit ihm.

Was sind denn das für Bretter draußen, Burkhard?

Er köpfte sein Frühstücksei. Sie war mißtrauisch. Vielleicht mußte er doch wieder fort.

Na deine. Du wolltest doch neue Balkonkästen haben.

Sonne und Wonne, blauer Himmel und Heiterkeit, er blieb also da. Was wollte er denn essen zu Mittag.

Keine Aufregung bitte! Er nahm die Tasche, die er neben den Sessel auf den Teppich gestellt hatte. Er habe an alles gedacht. Da, bitte! Er legte ein großes Paket auf den Tisch. Und das hier. Und das. Und ein Glas Sauerkraut auch.

Aha. Du, aber davon werden ja sechs Leute satt! Na gut. Sie machte sich in der Küche zu schaffen.

Nach einer Weile wollte auch er in die Küche. Er brauchte ein Messer. In der Küchentür blieb er stehen und sah zu, wie Barbara bemüht war, mit der linken Hand ein Eisbein unter den Wasserhahn zu halten und gleichzeitig mit der rechten Knochensplitter in den Mülleimer zu werfen, wobei sie eine dritte Hand vermißte, weil der Mülleimerdeckel nicht ohne weiteres aufging. Sprachlos sah er den Verrenkungen zu. Dann fand er zu Worten: Sie werde noch einmal kopfüber in den Mülleimer fallen.

Sie lächelte freundlich. Er war so rührend besorgt!

Später, als schon die Waschmaschine rumpelte, im Zimmer staubgesaugt war und es in der Küche nach Sauerkraut roch, ging sie hinaus zu ihm auf den Balkon. Er maß die Bretter ab, markierte die Stellen, an denen er sägen mußte, hockte sich hin und rührte im Leimtopf. Sie trat hinter ihn, legte ihm die Arme um den Hals und ihre Wange an seine. Er wehrte sie ab.

Laß mich! Ich bin nicht so knutschig.

Ich knutsche nicht, sondern küsse, belehrte sie ihn.

Na schön, dann war er eben nicht so küssig.

Ich geh ja schon! – Denn umarmig, wie sich zeigte, war er an jenem Tag auch nicht. Sie zog sich lieber zurück.

Man kann sich nicht immerzu in den Armen liegen. Das sah sogar Barbara ein.

Aber immerzu fernsehen kann man auch nicht.

Zwar war es schön, zu Burkhards Füßen zu sitzen, auf einem Kissen zu ebener Erde, zwischen seine Knie an die Vorderkante seines Sessels geschmiegt, ein Platz, den sie jedem anderen vorzog. Und es war auch schön, zu spüren, wie in ihn selber Bewegung kam, weil er dem Radfahrer auf dem Bildschirm, einem Herrn Malmann, den Sieg wünschte, diesem Mann aus der Schweiz, der nicht Malmann hieß, sondern Malmann war, und der andere, auf der anderen Seite der Rennbahn, war der Markenmann, und das Ganze war eine Einzelverfolgung.

Einzelverfolgung, wiederholte Barbara brav. Ja, so war es ihr doch gleich vorgekommen.

Mann! Tempo! Jaaa! Hast du gesehn, wie der den abgehängt hat!

Barbara, die gesehn hatte, wie der Radfahrer im roten Trikot die Arme hochriß, sich ausrollen ließ, an der Innenkante der Bahn vom Rad stieg, es von sich schob, umfallen ließ, hatte gerade fragen wollen, warum der Mann niederkniete, aber da hatte sie schon begriffen, weshalb der die Radrennbahn küßte.

O Mann! Burkhard war hingerissen, sie auch. Sie rieb ihre Wange an Burkhards Knie. Glückliche Männer gefielen ihr.

Gruselfilme hingegen gefielen ihr nicht. Schon gar nicht der, den sie letzte Woche gesehen hatten. „Graf Zaroff – Genie des Bösen" hieß der. Aber auch nicht der erste dieser Filme, die sie sich ansah Burkhard zuliebe. Es war ein alter Schwarz-Weiß-Film. Du wirst schon sehen, sagte Burkhard. Sie setzte sich bequemer zurecht.

Im Mittelpunkt der Filmhandlung, erklärte eine Sprecherin vorher, stünde die Inhaberin einer Kosmetikfirma. Barbara nickte. Kosmetik – das versprach, gruslig zu werden. Die war ihr schon immer unheimlich.

Der Film hieß dann „Die Wespenfrau" oder so ähnlich. Mit Hilfe eines von Wespen gewonnenen Enzyms, das einer Creme beigemischt wurde, gelang es der Firmenchefin, sich sehr zu verjüngen. Nur, daß sie, als unerwünschte Nebenwirkung des Präparats, zunehmend wespische Manieren annahm. Nachts, zu einem eleganten Kostüm einen Wespenkopf tragend, änderte sie radikal ihre Eßgewohnheiten. Das Bürohaus durchgellten gräßliche Schreie. Erst als die Inhaberin der Firma schon eine Krankenschwester, einen Nachtportier und ihren besten Chemiker verzehrt hatte, gelang es einem beherzten Mann, ihr mit Säure den Garaus zu machen.

Hör auf, ächzte Burkhard. Von Barbaras Kommentaren tat ihm das Zwerchfell weh. Er konnte nicht mehr. Er japste nach Luft.

Du, Burkhard?

Hm?

Vielleicht stimmen die Programmbezeichnungen nicht.

Was?

Ich meine, vielleicht war das vorgesehen zum Lachen. Vielleicht sind ganz andere Sendungen zum Gruseln gedacht. Diese 60 000 Seevögel, die da jetzt vor Südschweden an der Ölpest verenden. – Aber Fernsehprogramm, Ölpest und Seevögel waren es nicht, die Burkhard durch den Kopf gingen damals. Er hatte, immer noch hinter ihr sitzend, seine großen Hände über ihre Schultern nach vorn abwärts geschoben; und sie, die zwar Zeiten gekannt hatte, in denen sie statt „anpassungsfähig" „anfassungsfähig" las, und die ihrer Anfassungsfähigkeit wegen von Männern allerhand geduldet hatte, aber nie, daß einer über Nacht bei ihr blieb – sie hatte damals Burkhards Hände noch fester auf ihre Brüste gedrückt und bittend gesagt: Bleib doch hier heute nacht.

Sie weiß, sie war auf seine Nähe versessen. In der Woche des Buches hörte sie einer Manuskriptlesung zu. Die Veranstaltung im Klub der Werftarbeiter war mäßig besucht. Eine etwa vierzigjährige junge Autorin, linkisch und unbekannt, las eine Geschichte über vierhundert Pestleichen vor. Es handelte sich dann aber um eine bittere Liebesgeschichte, und die Pestleichen waren die Nebenfiguren. Zuletzt las sie noch ein Gedicht, das Barbara besser gefiel. „Die Erde bebt / vor Angst, wir könnten / nicht mehr reden miteinander." Reden mit Burkhard – das wollte sie. Sehr.

Sie sah mit ihm damals einen Filmbericht über das Liebesleben der Wale. Angesichts eines Walweibchens, das von gleich zwei Männchen tagelang mit den Flossen gestreichelt wurde, seufzte Barbara: Walweibchen müßte man sein! – Eh! Bärchen! rief Burkhard mit gespielter Entrüstung. Zehn Minuten später wollte sie aber doch lieber kein Walweibchen sein, denn die Wale machten Kopfstand bei der Begattung; und als Burkhard ihr den „Moby Dick" erzählte, den er als Film gesehen hatte, hörte sie zu, obwohl sie „Moby Dick" kannte, aber wann erzählte Burkhard schon mal.

Sie wollte ihm näherkommen, ihm aber auch nicht zu nahe treten, also trat sie, wochenlang auf der Stelle.

Wer, wenn nicht ich, so dachte sie damals, sollte es denn verstehen können, sein Schweigen.

Einmal hatte ihr jemand eine Geschichte erzählt, die so entsetzlich war, daß sie jahrelang versucht hatte, daran zu biegen. Sie spielte in einem Konzentrationslager. Ein Mann, vor die Wahl gestellt, seinen besten Freund lebend in einen der Verbrennungsöfen zu werfen oder, falls er sich weigerte, mit diesem gemeinsam verbrannt zu werden.

Wie sehr Barbara daran auch herumdenken mochte, immer mündete die Geschichte im Entsetzen, immer in die Frage: Was würdest du tun.

Sie hat sie deshalb nie weitererzählt. Auch nicht Christine. Nicht einmal Hannelore, die sich doch aufs Erbarmen verstand. Eher erfuhr man von ihr, mit wem sie schlief, als worüber sie in sich schaudernd wachte. Warum, so fragte sie sich damals, sollte es sich mit Burkhard nicht ähnlich verhalten.

Und da es die Zeit war, in der sie sich von ihm ein Bild zu machen begann, in der sie gerade beim Malen und Ausmalen war, verlieh sie dem, was sie hörte und sah, möglichst freundliche Züge.

Einmal, am Anfang, als er noch nach Hause fuhr abends, hatte sie ihm die Haustür aufgehalten, damit er sein Fahrrad hinausschieben konnte. Der Abend mit ihm war schön gewesen. Die klare kalte Luft, der glitzernde Schnee, der schwarze Himmel und die Sterne der Winternacht waren auch schön. Barbara mußte es endlich mal sagen: Ich kann dich gut leiden! – Worauf Burkhard zu den erleuchteten Fenstern emporsah und antwortete: Nicht so laut!

Was durfte denn dann überhaupt laut werden. Was!

Damals fragte sie sich das nicht. Damals dachte sie: Er trägt eben sein Herz nicht auf der Zunge.

Was man am meisten hofft oder fürchtet, was einen niederschmettert oder erhebt, die unsichtbare Welt, die man auch braucht zum Leben – es ist schwierig, darüber zu reden, das wußte sie ja. Auch gab es schon einfachere Dinge, die sie beharrlich beschwieg. Bei welcher Gelegenheit sie Solvejg hatte weinen sehen, zum Beispiel. Oder daß Hannelore Lesbierin war. (Denn erst jetzt fragt sie sich, ob sie richtig gehandelt hatte, Burkhard davon nichts zu sagen. Aber wie hätte er es denn aufgenommen, wenn er schon ihren Zorn auf Herrn Wannwitz vorhin nicht begriff!)

Da Solvejg mit ihrem ganzen Benehmen darauf bestand, Tränen nur vom Hörensagen zu kennen, tat Barbara, als habe sie nie ein Gurgeln in Solvejgs Kehle, ein Wimmern, das unterdrückt werden sollte, gehört. Als habe sie nie gesehen, wie Solvejg einen Telefonhörer fallen ließ und an Regalen, Packtischen, Bücherstapeln vorbei, ohne Barbara anzusehen, zur Tür hinausschoß. Und Hannelores Liebe zu Eva-Marita – Barbaras Mitteilsamkeit hatte Grenzen. Sonst ist ja, dachte sie, auf mich überhaupt kein Verlaß.

Warum sollte Burkhard nicht ähnlich denken. Warum sollte er nicht ernsthafte Gründe haben, verschwiegen zu sein.

Zudem – von seiner Frau, der geschiedenen, hatte er ein bißchen erzählt. Außerdem hatten sie seinen Bruder besucht. Den Rest wollte sie der Zeit überlassen.

Es würde sich schon zeigen, hatte sie damals gedacht, was Burkhard wollte, nicht wollte, glaubte. Was ihn zweifeln machte, was ihm Sicherheit gab. Warum er täglich nach den Zeitungen griff. Was ihn daran so aufbrachte, an der einen, die er schnaubend auf den Tisch zurückwarf. Das habe er gern! Das sei wieder typisch! Holen die sich in der Schweiz einen warmen Arsch!

Und es würde sich schon noch herausstellen, warum sie ihn nicht fragen durfte, wer denn da so etwas tut, in der Schweiz.

Ach, laß! wehrte er ab. Hört mir auf, Mann!

Er nahm ihr die Zeitung weg und faltete sie so, daß ein Kreuzworträtsel nach oben kam. Los, komm, Bärchen! Jetzt wird geraten.

Sie fand es schön, daß geraten wurde.

Er ist so zurückhaltend, hat sie damals gedacht.

V

Mach dir nichts draus. Die Flambergs sind alle so still und verschwiegen. So hatte Gudrun, Burkhards Schwägerin, sie zu trösten versucht.

Jetzt, da sie darin keinen Trost mehr sehn kann, da sie wünschte, Burkhard hätte geredet, nicht erst auf dem Heimweg und tadelnd mit ihr, sondern schon vorher, in der Gaststätte, und Herrn Wannwitz zurechtweisend – jetzt, da Barbara nicht nur Burkhards Neigung zum Stillsein, sondern die der ganzen Familie Flamberg einer erbitterten Überprüfung zu unterziehen gewillt ist, kommt es ihr so vor, als sei ihr während des Besuches in Potsdam bei Burkhards Bruder etwas entgangen.

Gudrun gefiel ihr. Von allen Verwandten Burkhards, und vor vierzehn Tagen in Pritzwalk hat Barbara ja noch mehr kennengelernt, gefiel ihr Gudrun am meisten.

Als Burkhard, der selten Briefe bekam, ihr den seines Bruders beim Abendbrot vorlas, war ihr unbehaglich gewesen. Unsere Tochter hat Geburtstag, stand da. Wir wollen ein bißchen feiern. Laß dein Auto stehn und komm rüber. Zeig uns mal deine Freundin. Bring Barbara mit.

Der Gedanke, gezeigt werden zu sollen, hatte sie weder am Fahrkartenschalter, wo Burkhard sportlich-knapp „zwo Sonntagsrück Potsdam" verlangte, noch auf dem Bahnsteig, wo sie in eine Gruppe singender und Gitarre spielender Kubaner gerieten – was sangen sie denn: Yo soy un hombre sincero –, auch nicht während der halbstündigen Bahnfahrt verlassen. Burkhard vertrieb sich die Zeit mit der Fußballzeitung. Sie sah in die vorübergleitende Frühlingslandschaft. Seinen Höhepunkt erreichte ihr Unbehagen, nach einer Fahrt in der überfüllten Straßenbahn, in Babelsberg vor der Tür der Neubauwohnung, an der zu ihrer Überraschung zwei Namen standen, Flamberg und Reppenhagen.

Wer wohnt denn noch hier.

Burkhard putzte sich umständlich die Schuhe ab und lächelte. Gudrun.

Bevor er klingelte, mußte er ihr erklären, daß Gudrun und Wolfhard nicht miteinander verheiratet seien. Ein Krippenplatz auf Anhieb und Geld, wenn die Kleine mal krank sei, das alles falle doch weg, wenn Gudrun nicht mehr als alleinstehend gelte. Jetzt schon zu heiraten, da wären die beiden schön dumm.

Weil dann die Tür aufging, hatte Barbara keine Zeit für gemischte Gefühle. Sie mußte sich in einem fremden Korridor zurechtfinden, zwischen Personen, die ihr Hände entgegenstreckten. Eine runzlige mit einem Witwenring bekam sie als erste zu fassen. Sie gehörte zu Gudruns Mutter, einer kleinen, weißhaarigen Dame; Wolfhards Schwiegermutter, erklärte Burkhard; meine Freundin, Barbara Frey. Die nächste, die schlanke Hand gehörte zu Gudrun. Die große behaarte zu Burkhards Bruder.

Steht hier nicht rum, sagte der. Kommt weiter, Mann! Kommt weiter! – Er sagte Mann und wiederholte Befehle genauso wie Burkhard. Die trieben die Geschwisterähnlichkeit aber weit!

Zu ihrem Geburtstag, drei Wochen vorher, hatte Barbara von Burkhard eine Digitaluhr bekommen. Eine japanische, von Willi, Manni, Kalle oder Knolle gegen Dienstleistungen oder Geld eingetauscht, ein ungemein fleißiges Gerät, das die Zeit stoppen, das Datum zeigen, Zahlen speichern, rechnen, wecken und, was Barbara vollends aus der Fassung brachte, Beethovens „Für Elise" zirpen konnte. Wolfhard, wie sich herausstellte, wußte von dieser Uhr.

Er nötigte Burkhard und Barbara sofort an den Tisch, setzte sich zu ihnen. Nun zeig doch mal das gute Stück. Er war begierig, die Uhr zu sehen. Nein, so nicht. So könne er sie doch nicht ausprobieren. Barbara löste sie vom Handgelenk und begegnete Gudruns Blick.

Die schnitt eine Grimasse hinter dem Rücken der Männer.

Die beiden Köpfe über die Uhr gebeugt. Dieser Eifer! Barbara erkannte Burkhard nicht wieder.

Mit der Spitze von Wolfhards Kugelschreiber wurden die winzigen Tasten gedrückt. Die Quersumme von Burkhards Autonummer wurde errechnet und daß drei mal drei neun ist und acht plus vier zwölf. Wieviel Zeit Gudrun brauchte zum Kaffeeeinschenken. Wieviel Tassen Kaffee die Schwiegermutter in siebzig Jahren getrunken haben könnte. Die protestierte. Was dächten sie sich. Früher seien sie arm gewesen. Nach der Ausbürgerung der Sudetendeutschen – später, am Abend, sagte sie statt Ausbürgerung Rausschmiß – hätten sie erst einmal gelebt wie die Zigeuner, nicht wie Menschen.

Mutti! sagte Gudrun tadelnd. Zu Barbara: Sie meint es nicht so. Die Männer hörten nicht zu.

Bitte, Barbara, deine Tasse.

Die Brüder stellten den Wecker, der durchdringend piepste. Sie speicherten Zahlen und löschten sie wieder. Bei „Für Elise" bemühte sich Barbara tapfer um Haltung. Burkhard kommandierte, was Wolfhard eintippen sollte: Drei, fünf, fünf, eins, drei, vier, fünf. So, und nun stell das Ganze mal auf den Kopf. Ja, dreh um, dreh um. Na? Was steht da?

Auch Barbara warf einen Blick auf die Uhr.

ShEISSE

Scheiße! erriet Wolfhard erfreut. Burkhard griente.

Burkhard konnte noch mehr. Wie man Liebe schreibe, wisse er auch. Tipp mal ein: Drei, acht, eins – nein, das sei falsch. Moment, er habe es aufgeschrieben. Der Zettel stecke in seinem Portemonnaie.

Jetzt, schlaflos und hilflos vor Zorn, dazu die Erfahrungen im Gedächtnis, die sie mit Burkhard im gemeinsamen Urlaub gemacht hat – es ist immer das gleiche Geld, es ist immer das gleiche –, denkt Barbara unnachsichtig über die Liebe im Portemonnaie; aber damals, an jenem Nachmittag in Potsdam, wunderte sie nur der Ton, den Gudrun plötzlich anschlug. Schluß jetzt! Gib die Uhr zurück. Na mach schon! Ran hier jetzt! Los! Sonst werde der Kaffee kalt.

Wie Burkhard gehorchen konnte, auch Wolfhard, erstaunlich!

Der Kaffeetisch. Die weiße Decke, die rosa Bänder. Der weiße Leuchter, die rosa Kerzen. Die weißen Teller, die rosa Servietten. Und die blinkenden Kuchengabeln darauf.

Gudrun, die noch einmal aufstand. Warte mal, Barbara, du sitzt ja im Durchzug. Gudrun, mit der man sich wortlos einigen konnte.

Ihr Nachbar, erzählte Gudruns Mutter, sei lungenkrank. Er habe fünf Kinder. Aber was Lungenkranken nachgesagt werde, das wisse man ja.

Nein, Mutti, was denn.

Daß die besonders viel wollen von ihren Frauen im Bett.

Barbara fragte sich, ob Burkhard nicht vielleicht lungenkrank sei. Sie sah über den Rand ihrer Tasse hinweg auf Gudrun und begegnete einem leuchtenden Blick. Um Gudruns Mundwinkel zuckte es. Schöne Einigkeit. Barbara senkte die Lider.

Und bis heute weiß Barbara nicht, wie es dieser Gudrun damals gelang, zu bemerken, daß sie die ganze Zeit darauf brannte, das Baby zu sehen. Sie hatte doch ganz ruhig gesessen. Sich noch einmal Kaffee einschenken lassen, nein, danke, ein drittes Stück Kuchen beim besten Willen nicht mehr geschafft; und gesagt, ihres Wissens, hatte sie auch nichts. Oder doch? Doch, sie hatte etwas gesagt.

Gefragt hatte sie. Gleich am Anfang. Wo denn das Geburtstagskind sei.

Maria? Die schläft noch.

Und später hatte sie noch einmal gefragt. Im Korridor, als sie aus dem Bad kam und fast mit Gudrun zusammengestoßen wäre, die ein Tablett in die Küche trug. Ob man Maria nicht wecken könne.

Gudrun, lächelnd, darauf: Ich freue mich, daß du mir widersprichst. Widersprech ich? Barbara wunderte sich nicht lange, denn Gudrun gab dann zuerst ihr das Kind. Nicht der Schwiegermutter, deren jüngstes Enkelkind es doch war; nicht Wolfhard, dem Vater, nicht Burkhard, dem Onkel; sondern ihr, Barbara, die es sich auf den Schoß setzen durfte. Die ihm ein Stück Kuchen gab, Teller, Tassen, Sahnekännchen und die gefährlichen Kuchengabeln aus seiner Reichweite rückte, verzückt ihre linke Hand still hielt, mit der sich die kleinen Händchen befaßten: nach Barbaras Daumen grapschten, an Barbaras Fingerring polkten. Entgegenkommend streifte Barbara den Fingerring ab. Da, bitte! Nein, nicht in den Mund!

Die Tatsache, daß Gudrun ihr das Kind gab, die über

alles wunderbare Tatsache, daß sie das Strampeln, das freudige Krähen, das vergnügte Lächeln des Kindes auf sich beziehn durfte, hatte sie das Lächeln Gudruns und deren Freude über Widerspruch bald genauso vergessen lassen wie Gudruns Bekümmernis wegen Barbaras Schüchternheit. Diese Schüchternheit solle sie ablegen. Sie, Gudrun, könne sich noch immer nicht daran gewöhnen: sobald die Leute erführen, daß sie an einer Hochschule tätig sei, würden sie alle befangen.

Dabei hörte das Barbara in dem anderen Zimmer noch mal.

Dorthin waren sie beide gegangen, um ein Liederbuch anzusehen, das Gudrun ihr, falls es in ihrer Sammlung noch fehlte, schenken wollte. Es fehlte nicht. Barbara dankte und stellte es zurück ins Regal. Diese Gudrun, die sie zum erstenmal sah und die ihr gleich ein Buch schenken wollte – Barbara suchte nach Worten, Gudrun fand welche: Sie solle doch nicht solchen Respekt vor der Hochschule haben. Wenn sie wüßte, wie müde Gudrun es sei, immer als Autorität zu gelten!

Barbara, verdutzt, mußte durchblicken lassen, daß auch sie sich eine gewisse menschliche Reife nicht ganz absprechen könne.

Na ja, aber was war das schon gegen das Lachen zu zweit.

Beim Abräumen des Kaffeegeschirrs hatte sie Gudrun geholfen. Der Aschenbecher, den sie leeren wollte, wäre ihr fast aus der Hand gefallen, als Gudrun herbeisprang, den Fuß auf den Mülleimerdeckel stellte und rief: Laß den zu! Das sieht aus da drin!

Aha, sagte Barbara streng. Du hast deinen Mülleimer heut noch nicht aufgeräumt.

Nein wirklich, auch wenn sie Barbara damals nichts über Burkhard erzählt hätte – diese Gudrun gefiel ihr.

Woher eigentlich Gudrun ihr Wissen über Burkhard bezog, fragt sich Barbara erst jetzt. Von Wolfhard, ihrem Mann? Oder von Liane, der Schwester Burkhards und Wolfhards, zu der sie, wie sie sagte, einen guten Kontakt hatte? Von einem anderen Familienmitglied? Irgend jemand von den stillen, verschwiegenen Flambergs war jedenfalls aus der Art geschlagen; und Barbara war das recht. Was sie von Gudrun hörte, ergänzte das, was sie durch Burkhard schon wußte. Und wenn ihr nun auch noch das Mittelstück fehlte, Anfang und Ende von Burkhards Ehe kannte sie jedenfalls. Und der Anfang des Anfangs bestand in einer Begegnung im Pritzwalker Jugendklubhaus.

Dort begegneten sich Burkhard und Gero. Burkhard, der Kraftsport trieb, kürzlich den Titel „Stärkster Lehrling" erworben hatte, und dessen Foto auf der Lokalseite der Bezirkszeitung prangte, und Gero, die sich amüsierte über seine Verwunderung, ihren Namen betreffend. Eigentlich heiß ich Gerlinde. Aber so nennen mich nicht mal die Lehrer.

Vom Sehen kannte er sie. Ihre Mutter lehrte Deutsch und Kunsterziehung an der Erweiterten Oberschule. Daß sie ihm zur Kegelbahn gefolgt war, schmeichelte ihm. Daß das Rollen der Kugeln, das Poltern der stürzenden Kegel, die Beifallsrufe der anderen Jungen kein passender Hintergrund waren für ein Gespräch, sah er ein.

Was sie mit ihm anstellte, als sie mit Burkhard in der Bibliothek allein war, weiß Barbara von Burkhard selber. Sie küßte ihn, und zwar aufs Ohr. Vielmehr – küssen war wohl nicht der richtige Ausdruck. Es muß eine sehr verspielte Zunge gewesen sein, die sich sachkundig über Burkhards Ohrmuschel hermachte, denn er stöhnte noch nach Jahren, wie durch und durch ihm das damals ging.

Ein Junge, dem das zum ersten Mal passiert: ein Mädchen, das ihn beobachtet, ihm folgt. Hände auf seinem Hinterkopf, seinem Nacken, Lippen auf seiner Wange, eine Zunge an seinem Ohr. Den Rest konnte sich Barbara denken.

Der Rest bestand im Zusammenstreben zweier, die nicht zueinander paßten.

Burkhard, der Lehrling, wohnte noch bei seinen Eltern, Gero befand sich die Woche über in Premnitz zur Ausbildung als Chemiefacharbeiter mit Abitur. Er solle ihr schreiben. Er schreibe nicht gern.

Sie steht in seinem Zimmer. Seine Eltern sind bei den Verwandten in Kammermark. Sie mustert die exakt beschriftete Reihe der Tonbandkassetten, das alphabetisch geordnete Häuflein der Bücher: Sport, Elektrotechnik, Angeln. Sie nimmt erheitert zur Kenntnis, daß Hanteln, Gewichte, Expander parallel zueinander gelegt sind. Gott, ist das süß! Bist du ordentlich! Bist du militärisch!

Sie amüsiert sich. Sie küßt ihn. Sie lacht.

Später verging ihr das Lachen. Als Burkhard nicht mehr bereit war, geplatzte Bockwürste durch Aufessen zu würdigen und gefaßt zu bleiben beim Anblick von Strumpfhosen, die er vom Sessel nehmen mußte, wenn er sich hinsetzen wollte, waren sie bereits verheiratet, da war schon das Kind unterwegs.

Burkhards Mutter wollte die Ehe nicht. Gero! Schon dieser Name! Junge, das Mädchen ist nichts für dich! Sie blieb, als der Sohn sich durchsetzte, dem Standesamt fern, schickte nur Liane mit einer Schulfreundin ins „Café am Markt"; die mußten dort Eis essen, durch die Gardine spähn und ihr sagen, wie Burkhard, als er mit Gero aus dem Rathaus trat, aussah. Burkhards Vater sprach mit seiner Frau viele Wochen kein Wort.

Geros Mutter, die ihre Tochter ein bißchen unausgeglichen nannte, eine Künstlernatur eben, wie der vor zwei Jahren mit dem Auto verunglückte Vater, auf gerade noch gesunde Weise manisch-depressiv, nicht wahr? – und die Burkhard mit der Frage allein ließ, was das sei, manisch-depressiv, ist das nicht so 'ne seelische Krankheit?, wie kann man auf gerade noch gesunde Weise seelisch krank sein? – Geros Mutter war für diese Ehe. Burkhard sei zuverlässig. Er habe einen guten Einfluß auf Gero. Burkhard, und Sie tragen doch auch Verantwortung für das Kind!

Eigentlich war das Ende der Ehe schon in ihrem Anfang beschlossen. Burkhards Sonnenbrand, das, was Burkhard Geros Launenhaftigkeit nannte, die ständigen Reibereien zwischen seiner Mutter und ihr – lauter Zeichen des Anfangs vom Ende.

Den Sonnenbrand holte er sich, da war sein Sohn schon ein Jahr alt. Von Geros Mutter hatte das Paar an einem Wochenende die Schlüssel zu Grundstück, Bungalow und Bootshaus bekommen. Schon am Morgen, als Burkhard sein Hemd überstreifen wollte, merkte er das Brennen auf seiner Haut. Du, ich glaub, ich komm heute lieber nicht mit aufs Wasser. – Sei doch nicht so zimperlich! Gero lachte ihn aus.

Die Blase auf der rechten Schulter verheimlichte er ihr noch, aber nach der Heimkehr am Abend ließ sich nichts mehr verbergen. Blasen auf Hals, Schultern, Brust, Rücken, Nacken. Er konnte nicht auf dem Rücken liegen, nicht auf der Seite, nicht auf dem Bauch. Er lag im Bett auf den Knien, die Stirn auf die über dem Kopfkissen verschränkten Arme gestützt. Er hatte Durst. Er konnte ohne Hilfe kaum aufstehn. Gero half nicht. Sie war ungehalten. Hör auf zu heulen, sonst kriegst du unter den Augen auch noch Blasen!

Barbara kann sich denken, daß man solchen Satz nicht vergißt.

Und seine Mutter? Die, nachdem sie sich mit Gero hatte aussöhnen lassen, konnte nicht verschmerzen, daß

Gero ein Weihnachtsgeschenk von ihr, einen selbstgestrickten Pullover, nicht trug. Gero wiederum fand es ungerecht, daß sie von Burkhard wegen eines Besuchs bei seiner Mutter gerügt wurde. Aber er rüge sie doch nicht. Er meine doch bloß, daß sie hätte dableiben, die Einladung der Mutter zum Essen annehmen sollen.

Sie habe nicht stören wollen.

Daß sie gleich wieder gegangen sei, habe seine herzkranke Mutter viel mehr gestört. Ob sie sich nicht denken könne, daß die sich aufgeregt habe über ihr schnelles Verschwinden.

Ach so! Aber jetzt rege sie, Gero, sich auf! Wie denn ihm das gefallen würde, wenn er etwas gut meine und hinterher nur gesagt kriege, was er dabei alles falsch gemacht habe.

So hab ich's nicht gemeint, Mann! Ach, laß mich in Ruhe.

Du hast doch angefangen.

Der Anfang vom Ende.

Allerdings – sich das Ende vorzustellen, fällt Barbara immer noch schwer.

Nicht, sich das Sichtbare vorzustellen: Burkhard in Uniform, überraschend auf Urlaub kommend, die schwarze Tasche mit den Geschenken, die Blumen, die schnellen Schritte, mit denen er Pritzwalk durchquert. Es fiel ihr schwer, zu dem Unsichtbaren, seiner Vorfreude auf Frau und Sohn, das andere zu denken: sein vergebliches Klingeln. Das Fischen nach dem Schlüsselbund in seiner Tasche. Das Aufschließen, die Leere, die Stille.

Aus dem Kinderzimmer hörte er ein Geräusch. Er fand seinen Jungen fiebernd im Bett.

Noch im Mantel, die Mütze auf dem Kopf, auch das Koppel, weiß Barbara von Burkhard, hatte er noch nicht abgeschnallt, gab er seinem Jungen zu trinken. Er schüttelte ihm die Kissen auf, maß Fieber, machte Wadenwikkel, sah auf die Uhr.

Im Glauben, seine Frau sei zur Apotheke gelaufen, stellte er die Blumen ins Wasser, gruppierte die Geschenke rund um die Vase, zog endlich die Uniform aus, zog sich Zivil an, setzte Wasser auf, wartete, schaltete den Herd wieder aus, ging ins Kinderzimmer zurück. Gero kam immer noch nicht.

Als sie kam, war es Abend, und sie kam nicht allein.

Burkhard hörte den Schlüssel im Schloß, die sich öffnende Tür und eine Männerstimme. Und dann den leisen Schreckensruf: O Gott, mein Alter ist da!

Und inzwischen, denkt Barbara, ist mir vieles noch klarer.

Vor vierzehn Tagen, statt Hannelore bei sich zu haben, statt sie zu halten, sie am Leben zu halten, ist sie mit Burkhard nach Pritzwalk gefahren und hat das alles gesehen, den Hainholz, die Dömnitz, die Siedlung, den Kietz. Sie hat auch den Bahnhof gesehen und den Platz davor, die Rotbuche, den Gedenkstein. Auch ein Foto vom alten Bahnhof, von dem, der früher dort stand. Früher – das heißt: bis April fünfundvierzig. Bis zu einem Abend, an dem Pritzwalk verdunkelt war wie immer, nur daß wieder ein Tiefflieger kreiste. Nur, daß man Luft-Voralarm gab.

Der Flieger schoß Leuchtmunition. Gebäude, Bahnsteige, Gleise wurden plötzlich erhellt von einem brennenden Waggon. Kurz darauf folgte eine Detonation. Eine, die ungeheuerlich war.

Und dann noch eine. Noch eine. Noch eine. Eine Kette von Detonationen furchtbarer Stärke. Und die Dunkelheit, in der Burkhards Vater dann lag.

Die einstürzenden Häuser, das Feuer, den Funkenregen, umherwirbelnde Achsen und Räder, ganze Wagen, die durch die Luft geschleudert wurden, fünfhundert Meter weit manche – das alles sah er schon nicht mehr. Man hatte ihm beide Augen verbunden, obwohl er nur das eine verlor.

Daß die meisten seiner Kollegen an jenem Abend das Leben verloren, und nicht nur die Eisenbahner, auch die Besucher des Kinos, das sich neben dem Bahnhof befand, auch in der Stadt viele Menschen, die zu Hunderten aus den Häusern stürzten, in den Hainholz, zur Siedlung, in die umliegenden Dörfer flohen, weil sie für einen Luftangriff hielten, was ein explodierender Munitionstransport war – das alles erfuhr er erst später. V-Waffen. Ob Barbara sich darunter etwas vorstellen könne.

Barbara hat auch Burkhards Mutter kennengelernt, eine große, stämmige Frau, das breite Kreuz, sah Barbara, hatten die Söhne von ihr.

Barbara half Burkhards Mutter. Das Füttern der Kaninchen machte ihr Spaß. So viel? Die Futtermenge übertrieb sie nur etwas. Die Schafe. Die Hühner. Stachelbeeren wurden gepflückt.

Sie hat nicht vergessen, was Burkhards Mutter ihr Sonntag vormittag, als Hannelore noch lebte – da, denkt Barbara, lebte sie noch! –, was ihr Burkhards Mutter erzählte: die Geschichte von den blutenden Händen. Da saßen sie Bohnen schnippelnd im Hof.

Für die blutenden Hände hatte vor fünfzig Jahren der Knecht eines Bauern gesorgt.

Burkhards Mutter kam, kaum daß sie konfirmiert worden war, zu einem Bauern „in Stellung" und hatte mit dessen Knecht Holz sägen müssen. Kräftig, sagte sie zu Barbara, sei sie ja schon immer gewesen, aber dafür – nein, da habe ihre Kraft nicht gereicht.

Dem Knecht machte es Spaß, die Säge mit solcher Kraft an sich zu ziehen, daß die Hand des Mädchens auf der anderen Seite mit den Knöcheln an den Stamm schlagen mußte. Wieder und wieder. Zumal diese Göre nichts sagte. Zumal sie nur den Griff wechselte, doch auch die andere Hand war bald blutig geschunden. Zumal sie immer weitersägte, Tränen in den Augen. Aber sagen tat das Biest keinen Ton.

Die Bäuerin gab ihr am Abend einen Lappen zum Verbinden, und sie, am selben Abend, gab ihre Stellung dort auf.

Nur solle Barbara nicht denken, ihre Eltern seien froh darüber gewesen. Eine Stellung zu finden war damals schon nicht mehr so einfach. Sie hätten ihr aber doch eine neue besorgt.

Ich darf ihr nichts übelnehmen, dachte Barbara und verdoppelte ihren Eifer beim Schnippeln der Bohnen. Wenn alle mit einem einfach so umgehn, wenn man sieht, wie leicht es jemandem fällt, einen blutig zu schinden, wenn die Eltern einem den Mann, den man liebt, so einfach verbieten – man solle den anderen nehmen, den Eisenbahner, der sei reifer, gesetzter, der sei Beamter und habe von seinem Vater ein Häuschen geerbt –, wenn alle mit einem einfach so umgehn, dann lernt man diese einfache Art vielleicht auch.

Dann ist man eben wütend, wenn der Junge einem den Eierkorb umstößt. Dann spürt man ihn auf in seinem Versteck. Burkhard! Kommst du da runter! – Ich komm nicht. Du haust mich. – Ich hau dich nicht. Los, komm runter! – Dann verspricht man's eben, und dann glaubt er's eben, und dann kommt er, und dann schlägt man ihn doch.

Was weiß denn schon ich, dachte Barbara hilflos. Von Geburten, die stattfinden müssen mitten im Krieg. Von Diphtherie, an der das Älteste nicht sterben soll. Isoldchen! Gleich kommt doch der Doktor, Isoldchen! Isoldchen, nein, warte! Isoldchen, du sollst nicht – Isoldchen, du darfst nicht – von einem Kind, das einem in den Armen noch zuckt, aber schon keine Verbote mehr hört.

Und von einem gläsernen Auge und Eiter. Von einer Augenhöhle, die man dem Mann vorsichtig säubert. Von langen Fahrten in Zügen, Sonntag für Sonntag. Von Söhnen, die maulen, weil sie nicht einsehen wollen, wie wichtig es ist für den Vater, in der Klinik Besuch zu bekommen. Was weiß denn schon ich von so einem Leben!

Freilich, was den Söhnen da manchmal für Einfälle kamen bei so viel Strenge, das verstand Barbara auch.

Jene Wette zum Beispiel, von der ihr Burkhard erzählte, abgeschlossen zwischen Wolfhard und ihm. Traust dich nicht!

Klar, trau ich mich.

Dann mach doch.

Und Burkhard machte. Zuerst holte er einen Teller aus dem Schrank, dann seine kleine Schwester herbei. Er und Wolfhard waren zwölf und elf Jahre alt, Liane damals grad zwei.

Burkhard setzte sie auf den Nachttopf und machte ihr klar, was sie sollte. Wolfhard, hinter dem Zaun des Flambergschen Grundstücks, sah atemlos zu, wie sein Bruder den Teller auf gespreizten Fingern die Straßburger Straße entlang trug. Schöne Damenkacke zu verkaufen! Schöne Damenkacke zu verkaufen!

Burkhard wars, heulte Wolfhard am Abend. Wolfhard lügt ja! Er hat mich ja angestiftet! – Prügel bezogen sie beide.

Wenn Barbara auch Burkhards Mutter verstand, die beiden Jungen verstand sie erst recht.

Immer aufpassen auf Liane! Die vier und wir vierzehn und dreizehn, Mann! Stell dir das vor!

Barbara stellte sichs vor. Als sie in Pritzwalk mit den Bohnen im Hof saß, sah sie alles ganz deutlich. Die sich prügelnden Brüder. Beide Jungen zerzaust, verschwitzt, hochrot im Gesicht. Burkhard keuchend am Drahtzaun des Hühnerstalls lehnend. Die Mutter, die aus dem Haus tritt, das Kind auf dem Arm.

Burkhard! Wolfhard! Seid ihr des Teufels! Was ist denn schon wieder los!

Burkhard, dessen Nase blutet. Wolfhard, der sich das Hemd in die Hose zurückstopft. Es sei um Liane gegangen. Wer von ihnen sie mitnehmen solle.

Wolfhard, der seitlich an die Mutter herantritt. Der die kleine Schwester heimlich in die drallen Waden kneift. Komm, Ani! Komm zu Wolfi! – Die Kleine, schmerzlich berührt, brüllt los. Na bitte, sagt Wolfi beleidigt. Ich würde sie ja nehmen. Zu mir will sie ja nicht.

Die Mutter entscheidet: Das Kind bleibt bei Burkhard.

Nachdem Barbara Burkhards Elternhaus kennengelernt hat, die Tiere, die gepflegt und gefüttert, die Beete, die bepflanzt und gejätet, die Bäume und Sträucher, die beschnitten und abgeerntet werden müssen, versteht sie manches besser. Jetzt begreift sie auch, was Gero zuviel war. Was Burkhard fehlte in der Ehe mit ihr.

Beklommen und mit Unbehagen dachte Barbara in Pritzwalk ans Schlachten. Ans Saften und Marmeladekochen. Ans Einwecken und Weinansetzen. An Senfgurken, Leberwurst, Pökelfleisch, Sauerkraut – alles, alles selber gemacht. Burkhards Mutter konnte nur Nützliches stiften. Die Söhne bekamen als Kinder Kniestrümpfe, Turnhosen und Unterwäsche zum Geburtstag; Burkhard war acht Jahre alt, als er zum letzten Mal Spielzeug erhielt. Und aufs Nützliche verstanden sich alle in dieser Familie. Der Vater kann mauern und Torten bakken, Liane schlachten und Schafe scheren genau wie die Mutter. Daß die Söhne ein Handwerk erlernten, verstand sich von selbst.

Barbara kann nicht einmal stricken. Genausowenig übrigens wie ihre Mutter, die nicht mit den elektrischen Kerzen fertig wurde, mit denen sie vor dem Weihnachtsbaum kämpfte und in deren Schnüren sie sich derart verfing, daß zuletzt sie mit den Kerzen behängt stand – neben dem Baum.

Barbara gibt Burkhard recht. Er schüttelte den Kopf über ihre mit Kerzen bestückte Mutter. Das sei, schimpfte er, nur gekommen, weil man im Vorjahr die Lichter nicht in der richtigen Reihenfolge, nicht ordentlich in die Schachtel zurückgelegt habe.

Ordnung ist das halbe Leben, sagte er, und er hatte ja recht damit. Aber es ist, denkt Barbara, nur das halbe.

Und was sie verteidigt hatte gegen Herrn Wannwitz, war doch gerade die andere Hälfte.

VI

Was aber ist die andere Hälfte.

Barbara sieht ja ein, daß es das geben muß: eine Festordnung oder Tagesordnung, die zwar den anfänglichen Verlauf des Abends vorsah, die beiden Reden, das Überreichen der Urkunden, die Blumen, den Beifall, das kalte Büfett, aber keinesfalls die Rede, die nach Mitternacht sie plötzlich hielt. Auf einmal stehst du da und hältst Volksreden, Mann! Burkhard dachte, ihn trete ein Pferd!

Er hat immer solche Vergleiche.

Von einem Pferdefuß, den sie hervorschauen sah, konnte im übertragenen Sinne allerdings die Rede sein. Herr Wannwitz hatte sich über den Selbstmord geäußert, und ihr waren die unschuldigen Milchglasscheiben wieder eingefallen. Damen und Herren – Maßanfertigung. Maßgefertigte Menschen, hatte sie lautstark Herrn Wannwitz verdächtigt, seien ihm wohl am liebsten! Die Umstehenden zeigten sich bestürzt.

Ordnung! Was es auch immer in Barbaras Leben schon für Ordnungen gab – den Ordnungsdienst im Kindergarten, die Schulordnung, die Hausordnung, die Ordnung, zu der die Mutter sie anhielt (Bärbel!, muß ich dir denn alles nachräumen!) –, immer hatte es auch das andere gegeben, das, was nicht ganz in Ordnung, aber nicht schlecht war. Das, was nicht ganz in Ordnung, aber doch gut war.

Oder war es etwa nicht gut, daß sie im Kindergarten trotz des Verbotes in die Jungentoilette ging. Daß sie das Nötigste dort in Erfahrung brachte, um sich hinstellen zu können in der Mädchentoilette danach: breitbeinig, den Bauch etwas vorgeschoben, das Gesicht zuversichtlich dem Becken zugewandt. Um dann ein für allemal zu begreifen, daß sie etwas anderes war, nicht eine schwächere Art Junge.

Oder war es etwa nicht gut, daß sie einmal Schulordnung Schulordnung und Fahnenappell Fahnenappell sein ließ. Daß sie geduldig Kissen wärmte am Ofen, auf Zehenspitzen zum Bett schlich, sie der Mutter auf den Bauch legte, die aber weiter wimmerte, jammerte, stöhnte, sich krümmte. Daß sie ihr einen Eimer ans Bett stellte. Falls du brechen mußt, Mutti. Daß sie zu Frau Streck rannte, die einen Arzt holte, der die Mutter gleich mit ins Krankenhaus nahm.

Oder war es etwa nicht gut, daß sie ihre Mutter dort in der Kreisstadt besuchte.

Zwar hatte Frau Streck es damals verboten. Du fährst mir nicht mit dem Rad! Wir fahren am Sonntag im Auto! Sie aber war schon am Mittwoch gefahren. Zwölf Kilometer. Während es schneite.

Ihren roten Schal hatte sie unterwegs verloren. Ihre Hände, trotz der Fausthandschuhe, wurden eisig und steif. Sie blieben auch starr und gekrümmt, als sie ins Krankenhaus trat. Aber mehr als die Hände im Warmen schmerzten die Worte der Schwester: Kinder unter zwölf Jahren dürfen nicht rein.

War es nicht gut, daß eine Frau in weißer Pelzjacke damals ihr beistand. Hören Sie, das Kind ist zwölf Kilometer gefahren! Daß sie einen Arzt zu sprechen verlangte. Daß die Schwester dann nachgab. Aber nur fünf Minuten! Die Mutter an Schläuchen. Auf dem Nachttisch die Gallensteine in einem Röhrchen. Fünf Minuten sind lang für den tiefen Schreck einer Mutter, für Freudentränen um ihr eigensinniges Kind.

Und war es etwa nicht gut, daß die Strecks damals nicht einmal mit ihr schimpften. In Ordnung war ihre Extratour nicht. In Angst um die Mutter hatte sie die unternommen.
Ordnung, Ordnung!
Ach, Burkhard.

Barbara ist des Nachdenkens müde. Sie möchte dieses Betriebsfest jetzt endlich vergessen. Sie möchte Burkhard vergessen, möchte Hannelore vergessen, nur jetzt, nur vorübergehend, nur um ein bißchen zu schlafen. Sie richtet sich auf, schüttelt und klopft die Kissen wieder zurecht. Sie lauscht, blickt zur Uhr, deren Zeiger im Dunkeln grün leuchten. Die Straßenbahnen fahren schon in kürzeren Abständen. Bald wird es hell.
 Sie legt sich wieder zurück.
 Plötzlich, mit geschlossenen Augen, hat sie Berge vor sich. Bewaldete Berge. Bergrücken hinter Bergrücken unter einem unermeßlichen Himmel. Die Berge sind dunkelgrün, blaugrün, grünblau, blau, zartblau. Die letzten am Horizont seltsam schwebend: oben sind ihre Konturen noch scharf, wieso verschwimmen sie unten.
 Barbara kennt diese Berge. Sie gehören zu den Beskiden. Es ist der Blick, den man vom Javorový nach Osten hat. Barbara und Burkhard haben den Javorový im Urlaub bestiegen.
 An jenem Nachmittag bei Burkhards Bruder in Potsdam hatte die Schwiegermutter ihren Geburtsort erwähnt. Barbara hatte von einem Chortreffen in Karlovy Vary erzählt. Sie waren sich einig im Lobpreis der Landschaft, nicht einig, was den Text einer Tafel in der Kurpromenade betraf. „Aber nur an dieser Heil'gen Stelle fand ich Heilung meiner Gallenpein." Die Tafel wurde 1915 von einem Hamburger Professor gestiftet. Das war ein armer Mensch, sagte die Schwiegermutter streng, die

den Vers nicht so komisch fand wie Barbara. Nun war jemand, der sich im ersten Kriegsjahr eine Karlsbader Kur leisten konnte, sicher nicht arm. Eine Bemerkung, die Barbara lieber verschluckte. Erinnerlich ist ihr das Ganze auch nur, weil Burkhard sie nach jenem Meinungsaustausch fragte, ob sie auch mit ihm in die ČSSR fahren würde. Mit dir? Sie strahlte. Auf gar keinen Fall!

Zwei Wochen später schon stellte er sie vor vollendete Tatsachen. Vielmehr er legte die Tatsachen – Formulare, Gutscheine, Flugtickets, eine Quittung des Reisebüros und Prospekte – am Abend vor sie auf den Tisch. Er breitete eine Autokarte aus. Paß mal auf, Bärchen! Vor Begeisterung ließ er sie gar nicht zu Wort kommen. Sie müsse sich Kletterschuhe kaufen, erfuhr sie. Auf dem Mionši in Mähren gebe es einen Urwald. Dieser Berg sei soundso hoch. Von da bis da könne man wandern. Burkhard, ich – ja, und dort gebe es Wasser. – Sie nickte ergeben. Er wollte mit ihr in den Urwald. Und sein Angelzeug nahm er auch mit.

Das mit den Kletterschuhen nahm sie nicht ernst. Er fragte auch nicht mehr danach. Er fragte, da saßen sie schon nebeneinander im Bus, der sie an einem regennassen Morgen nach Berlin-Schönefeld brachte, ob sie auch nichts vergessen habe, Ausweise, Filme, Verbandzeug. Nein, sie hatte nichts vergessen.

Dann hatte sie aber doch etwas vergessen, Hanns Eisler vergessen, Béla Bartok vergessen, „Musik und Dichtung" vergessen, hatte sie alles vergessen, was ihr je über das Zusammenwirken von Text und Musik beigebracht worden war, denn sie sang mit, was aus dem Radio des Busfahrers kam, ein Lied von einem, der die Jugend eines Kindes der Sonne in den Händen hielt und sich beklagte: Ich hab meine Sinne verloren. Und sie hatte auch einen Sinn verloren, den für Textqualität.

Weder das Humdadahua des Backgroundchores, noch

das mißmutige Fräulein neben dem Taxi vor dem Flughafengebäude, dem sie mit ihren Reisetaschen in den Weg gerieten, weder das Warten noch die Zoll- und Ausweiskontrolle konnten ihre Stimmung trüben. Gelassen zog sie an allen Uniformierten vorbei. Um eine Ecke, um noch eine, und das also war ein Transitraum.

Flüchtig musterte sie die roten Jacken der Kellner, warf einen raschen Blick auf die Bepflanzung der Schalen, auf die Sitzbänke, die Aschenbecher, die den Start der Maschinen anzeigenden Tafeln, sah dann schon wieder auf die Flugzeuge draußen, auf Männer in leuchtenden Overalls, Fahrzeuge, die sie bis dahin nicht kannte. Wie ein kleines Kind, sagte Burkhard belustigt. Schlimmer, stöhnte sie. Ich hab meine Sinne verloren.

In Wirklichkeit war sie bloß noch nie mit jemandem verreist, den sie liebte.

Natürlich war dieser Urlaub sehr schön.

Natürlich? Jetzt, schlaflos, an jenem Ordnungssinn zweifelnd, den Herr Wannwitz auf dem Betriebsfest vertrat, ist sie sich dessen nicht mehr so sicher.

Wo hört die Ordnung auf und fängt die Maßregelung an.

Natürlich! In ihrer Natur lag es eigentlich nicht, zu verstummen, sich nicht mehr zu wehren.

Nun ist ja Zuvorkommenheit nichts, gegen das sich Barbara sonst wehrt. Väterlich drückte Burkhard sie in Prag auf eine Bank und ging allein, das Gepäck abzuholen. Ritterlich trug er nicht nur die größten Taschen, sondern nahm ihr auch noch das schwere Fotozeug ab. Brüderlich half er ihr in den Bus. Und wenn er ihr bei der Auswahl dessen, was sie sich ansehen wollten, nicht auch noch zuvorgekommen wäre, hätte sie wunschlos glücklich sein können. So aber hatte sie Wünsche. Anfangs kleidete sie die auch in Worte.

Können wir nicht, ich meine, wenn wir nun schon in Prag sind, können wir nicht zur Bertramka fahren? Dort hat Mozart einmal gewohnt.

Von der Bertramka war, als sie die Reise planten, die Rede gewesen. Schon damals hatte Barbara einen Besuch vorgeschlagen. Wohlwollend brummte Burkhard: Mal sehen. – Nun aber wollte er eine Kronkammer sehen, eine Reitertreppe, eine Bierstube, in der es kein gewöhnliches Bier gab. Was denn dann für eins? Ein dreizehngradiges! Dunkles! Nur das Altstädter Rathaus rang sie ihm ab. Na gut, sagte er und wischte sich Bierschaum vom Mund. Dieses Rathaus sehn wir uns morgen noch an.

Was sie an seiner Zuvorkommenheit so bedrückte, war, daß er nicht nur das schwere Gepäck trug, sondern auch die Verantwortung und vor allem die Kosten der Reise.

Burkhard! Laß mich doch die Hälfte bezahlen!

Die Hälfte bezahlen! Nachgeäfft hatte er sie. Seine Brauen zogen sich trotzig zusammen. Sie wolle ihm wohl die Freude verderben! Es klang gekränkt, aber friedlich. Nur – sie traute dem Frieden nicht ganz.

Zur Zeit der Urlaubsvorbereitung stak schon in ihrem Gedächtnis ein Satz, den hatte Burkhard Anfang Juni gesagt.

An jenem Juniabend hatte sie die Tür zur Küche nicht mehr schließen, auch den Plattenspieler nicht mehr ausschalten können, sie hörte nur noch, wie die Platte lief und lief und lief, wie ein regelmäßiges Knacken Umdrehung auf Umdrehung anzeigte. Doch Burkhard wegschieben und noch einmal aufstehen konnte sie nicht mehr.

Freilich, das gab es öfter. Aber an jenem Abend war es noch besonderes gewesen. Vielleicht lag es an dem Sommerwetter, der maßlosen Bläue des Himmels, den

Mauerseglern, die am Fenster vorbeischossen, der Sonne, die rot und rund auf dem Dach des gegenüberliegenden Wohnblocks zu stehen schien. Die Abendfarben Jerusalems fielen ihr ein. Wo hatte sie das denn gelesen. Dann fiel ihr gar nichts mehr ein, dann fiel sie selber, versank sie wie die Sonne, die noch irgendwo schien, aber hinter dem Haus, auf dem Dach war sie nicht mehr. Und neben Barbara war auch Burkhard nicht mehr. Burkhard war hinter, nein neben, nein über ihr. Burkhard war eigentlich überall. In all ihren Zellen war Burkhard. Und Barbara, die ja schon manches Mal nicht eben still gewesen war, deren Stimme sich auch diesmal wieder verändert, verwandelt, verloren, sich in ein Wimmern verloren hatte, an- und abschwellend, rhythmisch, lauter und lauter werdend, Barbara hatte plötzlich geschrien, nicht ein-, sondern drei- oder vier- oder fünfmal, sie weiß es nicht mehr. Und mit Burkhard mußte gleichzeitig auch was passiert sein, der lag auch ganz still da, und das Knacken des Plattenspielers war wieder zu hören.

Das war ich, dachte Barbara verwundert, ihre eigenen, fremden Schreie im Ohr. Um der Macht willen, die einem solche Schreie entreißt, sind Menschen verstümmelt, verbrannt und gesteinigt worden, band man Paare aneinander und warf sie ins Moor, haben Menschen sich gequält, haben geweint und gebetet, wurden Heranwachsende gedemütigt und Alte beschämt. Mir aber, mir geht es gut!

Und weil es ihr so gut ging, weil es ihr an jenem Abend so besonders gut ging durch den Umstand, daß es Männer gibt und Frauen gibt in der Welt, und weil Burkhard von allen Männern der Welt soeben für sie Mann gewesen war, mußte sie ihm das auch sagen, sie wäre vor Dankbarkeit sonst geborsten. Mein Mann, sagte sie leise und strich ihm das feuchte Haar aus der Stirn. Darauf

Burkhard, die Augen rasch öffnend: Na na na, du! Verheiratet sind wir noch nicht.

Das war er, der Satz. Der in ihr stak und sie warnte. An den sie sich nun lieber gehalten hätte, auch was das Bezahlen der Reise betraf.

Etwas anderes kam noch dazu. Christines Geburtstag rückte heran.

Mit Christine nämlich, die von Barbara keine Tasse Kaffee annehmen konnte, ohne ihr zwei zurückzugeben, die sich für einen Tulpenstrauß, den Solvejg ihr der bestandenen Fahrprüfung wegen auf den Platz gestellt hatte, mit Kaffee und Kuchen revanchierte – so nannte sie das! sich revanchieren! ach du dickes Ei! stöhnte Solvejg, zwölf Stückchen Kuchen! Dit halt ick nich aus! – mit Christine war es nicht zum Aushalten manchmal, wenn man zu ihr freundlich sein wollte. Nein, sagte sie. Nein, das nimmst du jetzt mit. Sie wickelte gekochten Schinken in Folie, sie schnitt Erdbeertorte zurecht, sie füllte Soljanka in einen Thermosbehälter, und das alles nur, weil Barbara ihr von einem Besuch bei Hannelore aus Leipzig Grillkräuter mitgebracht hatte. Die habe man ihr dort auch nicht geschenkt. Außerdem verdiene Christine mehr als sie, und Günter verdiene mehr als Christine, und Günter und Christine verdienten gemeinsam, und Barbara verdiente immer noch nicht, jemandem etwas schenken zu dürfen.

Das war der Alltag. An Geburtstagen ließ Christine Freundlichkeit zu.

Barbara plante, von dieser Reise für Christine ein Geschenk mitzubringen. Dazu brauchte sie Geld, und zwar nicht das von Burkhard. Das sehe er doch wohl ein.

Traurig, versuchte sie ihm am ersten Abend im Hotel zu erklären, sei doch nie gewesen, daß sie als Kind dieses oder jenes nicht besaß, keinen Puppenwagen und kein Fahrrad, keine Schlittschuhe und keine Rollschuhe, und später lange auch keine Absatzschuhe und noch länger nicht die Lust, welche zu tragen, nicht die geringste Lust, überhaupt ein Mädchen zu sein. Traurig sei doch nur gewesen, was daraus zuweilen folgte: nicht mitspielen dürfen, nicht angesehn werden. Die Folgen, Burkhard – sie stockte. Es war schwer zu erklären.

Burkhard nickte. Er saß auf dem Bettrand, hatte einen Film eingelegt und drückte die Rückwand des Fotoapparats wieder zu. Ja, sagte er. Was sie meine, das sei ihm schon klar.

Am nächsten Tag, vor dem Portal der Staatsbank, mußte ihm die Klarheit darüber wieder verlorengegangen sein. Sie wollte die Treppen hinauf-, er am Gebäude vorbeigehn. Er hielt sie fest. Was heiße denn umtauschen! Er habe doch genügend Geld für sie beide! Was sei denn das wieder für ein Kiki!

Barbara, die sich nicht über das Wort „Kiki" wunderte, sondern über das Wort „wieder", entzog ihr Handgelenk seinem Griff. Rasch lief sie die Treppe hinauf. Es ist doch nur für Christine! rief sie, da stand sie schon oben. Ich bin gleich wieder da!

Mißmutig blieb Burkhard zurück.

Dann: die Weiterfahrt nach Mähren. Im Bus nach Třinec der Herr, der mit Barbara den Platz tauschen sollte. Seine Ehefrau, die sich einmischte. Seien Sie mir nicht böse. Mein Mann hat das gleiche Geld bezahlt wie Sie! Es ist immer das gleiche Geld. Es ist immer das gleiche.

In Třinec waren sie in einem Privatquartier untergebracht. Das geräumige Zimmer gefiel ihnen gleich. Die Vermieter, ein älteres Ehepaar, arbeiteten schon seit mehreren Jahren mit dem Reisebüro zusammen. Der Mann, der gut Deutsch sprach, zeigte ihnen das Bad und die Küche, händigte Burkhard die Wohnungsschlüssel aus, kam noch einmal zurück, weil Burkhard etwas unterschreiben mußte, und entschuldigte sich dauernd bei Barbara, die nicht wußte wofür.

Die Essengutscheine des Reisebüros galten für Mittags- und Abendmahlzeiten in Restaurants. Morgens mußten sie sich selber versorgen. Das Taschengeld war entsprechend bemessen.

Wie immer hatten sie sich die Arbeit geteilt. Burkhard war für das Fotografieren zuständig, für den Transport des Gepäcks, die Reparatur versagender Regenschirme, abgerissener Sandalenriemen, platzender Reißverschlüsse, und Barbara für die Pflege der Kleidung, Wundbehandlungen aller Art, das Dolmetschen (Aber Burkhard! Ich kann doch bloß Russisch! – Na und? – Irgendwie schien ihm das Problem nicht so groß.) – und für das Einkaufen eben. Von dem Taschengeld für sie beide. Seitdem weiß Barbara, warum es Taschengeld heißt.

Es steckte immer in Burkhards Tasche. In der Gesäßtasche, die sie sehen konnte. Er stand vor dem Schaufenster, mit dem Rücken zum Laden. Es faszinierte ihn gerade ein Auto, der 120er Skoda – sie sollte noch davon hören. Und sie, inzwischen, hatte Milch, Butter, Kaffee, Brot, Wurst und Joghurt, alles, was er sich wünschte zum Frühstück, im Drahtkorb versammelt und rückte vor in der Schlange, der Kassiererin näher und näher.

Burkhard hatte die Reise bezahlt. Sie schämte sich, ihn eines Frühstücks wegen zu rufen. Sie trat an die Kasse, bezahlte. Sie bezahlte und schämte sich dann vermutlich zu oft. Kurz vor der Weiterfahrt nach Frýdek-Místek jedenfalls, zwei Tage vor der Besteigung des Javorový war ihr Portemonnaie leer.

Und sie hatte kein Geburtstagsgeschenk für Christine.

Natürlich hätte sie Burkhard etwas sagen müssen von der Verlegenheit, in die sie geriet. Zumal sie nicht nur in diese geriet. Sie besuchten eine Ausstellung: Zelte, Campingmöbel, Sportboote, Angelgeräte – Burkhard war hingerissen, Barbara sah zu den Imbißbuden hinüber. Sie berührte ihn am Ellenbogen. Du, dort haben sie Schaschlyk, versuchte sie schüchtern. Der Versuch schlug fehl. Burkhard hatte keinen Hunger. Er wollte sich die Sportboote ansehn.

Ihren Blick auf den rot-weißen Sonnenschirm, unter dem Eis verkauft wurde, verstand er hingegen richtig.

Willst du auch Eis? Seine Hand fuhr zur Gesäßtasche. Er trat an den Wagen heran.

Aber dann wieder die Ansichtskarten. Die Briefmarken. Die Kugelschreibermine, denn ihre war leer. Burkhard, ich brauche. Burkhard, kaufst du mir. Burkhard, darf ich.

Sie wußte nicht, ob sie das durfte. Was er gut meinte, bekam ihr nicht gut.

Sagen ja. Aber wie. Daß die Besteigung des Javorový ihretwegen verschoben werden mußte, machte sie schuldbewußt.

Einen Tag vor der geplanten Bergtour hatte sie Burkhard auf einer Decke im Gras am Ufer der Olše dreimal hintereinander im Schachspiel geschlagen. Es war ja kein Wunder. Stechende Mücken hatten ihn abgelenkt. Burkhard mußte zum zweiten Mal mit Anti-Mückenspray besprüht und die Figuren ein viertes Mal aufgestellt werden. Jetzt kannst du was erleben, versprach er. Er versprach nicht zuviel. Ungläubig starrte sie auf das Brett. Du, paß doch auf! Der Springer! – Danke. Er brauche keinen Nachhilfeunterricht. Daß sein Turm bedroht ist, habe er längst gesehen.

Es war nicht nur sein Turm, es war, von der Springergabel, auch sein Läufer bedroht.

Ich hätte ihn gewinnen lassen sollen, dachte sie bekümmert, als er sein Angelzeug nahm und wortlos zum

Wasser hinabstieg. In jenem Moment meldete sich wieder der Zahn. Ihr Weisheitszahn. Sie kannte das schon. Ein Versäumnis der letzten Wochen rächte sich jetzt.

Sie hoffte, die Schmerzen würden wieder von selber aufhören. Sie versuchte sich abzulenken, nahm heimlich Tabletten. Am Abend begann sie zu jammern. Der Zimmerwirt telefonierte mit einem Zahnarzt. An die folgende Nacht denkt Barbara ungern.

Am Morgen bekam sie eine Spritze in den Gaumen. Eine blonde Schwester hielt ihr den Kopf. Der Zahn, nach einigem Knacken, Knirschen, Wackeln, Ruckeln, Zerren und Ziehen, wurde ihr freundlich gezeigt. Hat es geweht? erkundigte sich nachher der Arzt. Die Schwester wischte ihr Blut vom Kinn. Barbara, als sie ins Wartezimmer zurückkam, wo Burkhard mitgenommen aussah, biß nicht die Zähne, sondern Mull zusammen. Bin wieder da, mummelte sie, die Hand an der Wange. Für den Javorový war es nun freilich zu spät.

Es war der Gipfel, denkt Barbara. Auf jener Bergtour reizte sie Burkhard so sehr, daß sie nachher aus purer Zerknirschung nichts sagte.

Das gleiche Geld hin, das gleiche Geld her. Es ist immer das gleiche, das fand Burkhard auch. Er meinte aber etwas andres als sie. O Mann! Ich habs dir doch vorher gesagt!

Das hatte er. Das mit den Kletterschuhen. Daß sie die brauchte.

Nur – als sie aufbrachen, lief es sich in Mokassins noch ganz gut. In Vendryně übersahen sie das grüne Zeichen, das den Wanderweg markierte. Sie gerieten in einen Bus, der sie nicht, wie erhofft, nach Tyra, sondern zurück nach Třinec brachte. Da hatte Burkhard von Bussen genug. Nun wollte er die ganze Strecke zu Fuß gehn.

Na gut. Die Sonne schien erst gegen Mittag so heiß. Am Morgen ging noch ein leichter Wind. Barbara nahm den Strohhut ab und band ihn am Bund ihrer Jeans fest. Also los!

Das Wandern ist des Müllers Lust. Auf, du junger Wandersmann. Wohlauf noch getrunken den funkelnden Wein. Barbara hütete sich, Burkhard durch das Absingen von Wanderliedern gegen sich aufzubringen. Sie sang stumm, innerlich, lautlos. Sie sang, ohne daß jemand es hörte: ... zu gleichen der Mutter, der wandernden Welt. Wenn Barbara glücklich ist, begibt sie sich in ein familiäres Verhältnis zum Kosmos.

... und Liebe, die folgt ihm, die geht ihm zur Hand, / so wird ihm zur Heimat ... Aber zu der Feststellung, daß so ihm zur Heimat das fernste Land wird, kam sie nicht mehr, weil Burkhard in ihren stummen Gesang mit der Frage einbrach, was dort auf dem Feld rechts vom Weg wachse.

Das da? Gerste? Barbara konnte nur raten.

Burkhard lachte sie aus. In Ordnung, fügte er begütigend hinzu, als ihr Versuch, mitzulachen, nicht ganz gelang, ich bin ja auch in der Landwirtschaft aufgewachsen.

Kurz vor Oldřichovice begann es zu stinken. Mann, komm! Barbara ging ihm nicht schnell genug an den Schweineställen vorüber. Sei doch nicht so empfindlich, sagte sie vorwurfsvoll. Du bist doch in der Landwirtschaft aufgewachsen. – Burkhard fauchte, das sei dreißig Jahre her!

Ein Maisfeld. Wiesen. Der Weg führte beständig bergauf. In Oldřichovice bluteten ihre Zehen noch nicht.

Sie saßen in einem Gasthaus beim Frühstück. Aus dem Radio hinter der Theke kam die Stimme eines Nachrichtensprechers, den sie nicht verstanden. Javorový heißt Ahornberg, Burkhard. Wußtest du das? Burkhard hätte die Serviererin lieber Wichtigeres gefragt. Ob der Sessellift in Betrieb sei.

Der Lift war nicht in Betrieb. Was nun.

Den Weg unterhalb der Liftstrecke zu nehmen schien möglich. Ihm jedenfalls, Burkhard, dem Sportler, dem Durchtrainierten. Barbara hielt schon nach einer halben Stunde von den Freuden des Bergsteigens nichts mehr. Sie stieg ja nicht. Sie kroch, rutschte, krabbelte, krauchte. Sie bat um eine Pause. Burkhard blieb stehen.

Weiter! kommandierte sie nach ein paar Minuten, in denen das Hämmern in ihren Schläfen aufgehört hatte. Sie wollte sich zusammennehmen. Ins Tal hinunter sah sie schon lange nicht mehr, nur auf das Geröll zu ihren Füßen, Gestein und Gestrüpp, nirgends ein Pfad und nirgends ein Schatten.

Die Sonnenbrille rutschte den schwitzenden Nasenrücken hinunter. Sie schob sie immer wieder hoch, nahm sie schließlich ab, da war sie geblendet. Die Sonne stach. Ihr Herz ging wie wild. Burkhard, keuchte sie. Burkhard, halt an!

Es kann keine Freude für ihn mehr gewesen sein. Ihm ging es zu langsam, ihr ging es zu schnell. Ihr, obwohl er wartete, stehnblieb, Pausen einlegte, obwohl er die Liftstrecke später verließ, ging es noch immer zu schnell. Für ihre geschundenen Zehen wäre jedes Tempo das falsche gewesen. Nicht die Schuhe ausziehen! Burkhard warnte sie. Es tue nachher noch mehr weh. Kletterschuhe. Daß sie die brauchen würde, er habe es ihr doch gesagt!

Der Weg, auf den Burkhard ihretwegen abbog, führte sie, wenn sie auch der Baude schon nahe waren, noch einmal um den ganzen Gipfel herum. Barbara hob kaum noch die Füße, stolperte, schlurfte vorwärts, blieb in immer kürzeren Abständen stehen. Einmal, trotz Burkhards Warnung, trank sie aus einer eiskalten Quelle. Mach das nicht! Du kriegst eine Lungenentzündung! – Lungenentzündung? Das war ihr egal.

Gleich sind wir da. Dann gibt es zu essen.

Essen war ihr auch egal. Der mitleidige Ausruf des Baudenwirts bei ihrer Ankunft, die Musik, die bequemen Stühle, der Blick aus dem Fenster – es war ihr alles egal. Sie wollte nur trinken. Der Zimmerschlüssel – ja, danke. Wie hieß waschen auf tschechisch. Blutverkrustete Socken. Heftpflaster. Sepso. Wo war bloß die Schere. Todmüde fiel sie ins Bett.

Nein. Einem Mann, den man derart enttäuschte, vor dem man, als er kam, die Steppdecke rasch bis zum Hals zog – Burkhard, nicht! Burkhard, laß mich! Bitte! Du, Burkhard, ich will nicht! – konnte man nicht auch noch mit Geständnissen kommen. Er hatte ja recht, als er böse wurde. Du, Burkhard, ich will nicht.

Ach so! Und du denkst, nur was du willst, ist wichtig!

Jetzt, da sie grübelt über die Ordnung, die doch nur das halbe Leben ist, und über die andere Hälfte, scheint ihr, als habe der Traum, den sie in Frýdek-Místek hatte, mit der anderen Hälfte zu tun.

In Frýdek-Místek schien alles wieder gut. Ihre Zehen waren verschorft, der Muskelkater aus ihren Schenkeln verschwunden. Sie schlenderte mit Burkhard am Ufer der Ostravice entlang, vorbei an Weidengesträuch unter einem kreisrunden Mond. Hier und da spiegelten sich Lichter im Fluß. Frýdek, der höhergelegene Stadtteil, war einladend erleuchtet. Burkhard, wollen wir nach Frýdek zum Abendbrot? Burkhard blieb lieber hier.

Auch das Restaurant in Místek gefiel ihr. In einem Weinkeller, wo man unter einem Tonnengewölbe an blanken Holztischen vor tropfenden Kerzen saß, bekamen sie später ein zweites Mal Hunger. Nach allem, was Burkhard ihr über den 120er Skoda, die 350er Jawa und die alte AWO erzählt hatte, die, was bei Motorrädern selten vorkommt, einen Viertakter besaß, stand ihr, fand Barbara, eine kräftigende Mahlzeit auch zu.

Burkhard hielt nach dem Kellner Ausschau. Er gab ihr die Speisekarte. Such dir mal schon aus, was dir schmeckt. Er entschied dann, daß ihr „Moravský kapr" schmeckt, den sie sich nicht ausgesucht hatte. Aber da die Liebe, was die Zigeunerkapelle im Hintergrund schon zum zweiten Mal spielte, ja nicht nach Rechten fragt, Gesetz und Macht, aß sie für Burkhard auch „Moravský kapr". Für Burkhard, der ihr erzählte, was sonst noch alles vorkam, beim Angeln von Raubfischen zum Beispiel, Hechte, die Bißwunden von anderen Hechten tragen, wäre sie an dem Abend noch zu ganz anderem imstande gewesen. Nur nützte das listige Fragen ihr nichts.

Ob die Hechte sich um ihre Weibchen gebissen haben.

Sie empfing eine Belehrung über Milchner, Rogener, Laichzeit und andere Merkwürdigkeiten; erst in ihrem Zimmer, als sie schon in den Betten lagen und es in Burkhards Transistorradio weiterging mit der Liebe und den Zigeunern und mit „Ganz ohne Weiber geht die Chose nicht", fand auch Burkhard, daß es ohne sie jetzt nicht ginge; da wollte auch er nicht mehr über die Hechte reden. Aber der Wein, ach, er wirkte. Und was Barbara tat, wirkte nicht.

Es ist ein Jammer, dachte sie noch. Und daß wohl auch sie von dem Wein, der nicht nach Rechten fragt, daß der vielleicht doch ein bißchen zu stark, oder ein bißchen zu süß, oder sie vielleicht doch nicht so viel, und daß die Liebe von Gesetzen stammt und nicht nach Hechten fragt, daß die Liebe nicht, dann war es Nacht.

Es war Nacht, als Barbara wieder erwachte. Ihr Kopf schmerzte. Sie hatte Tränen in den Augen. Was war eigentlich los.

Sie roch Alkoholdunst. Burkhard neben ihr schlief fest. Sie hatte geträumt.

Der Traum hatte sie in ihre Kindheit zurückgeführt, nach Wilkenitz mit dem Wolf im Wappen, in ein großes graues Haus, das in der Straße stand, die zum Treppenberg führt. Wie sich zeigte, hatte sie weder das Gebäude noch die mit rotem Fahnentuch bespannten Wandzeitungen in der Eingangshalle, noch den einarmigen Pförtner vergessen, nur daß der im Traum aussah wie der Kellner vom gestrigen Abend und sie an einer Angel zurückhielt. Wo wolle sie hin.

Sie wollte nicht sagen, daß sie einen Brief bei sich trug. Der Brief, in dem es um Geld ging, um eine Unterstützung, die sie später bekam, war am Abend zuvor beim geheimen Licht der Tischlampe mit einem geheimen Kopierstift von der Mutter auf geheime, aus einem von Barbaras Schulheften herausgetrennte Seiten geschrieben worden. Der Brief war geheim.

Der Pförtner, der nicht der Kellner von gestern abend, auch nicht mehr Burkhard, sondern der Zimmerwirt von Třinec war, ließ sie trotzdem passieren.

In Wirklichkeit, damals, war der Korridor allerdings nicht so lang gewesen wie im Traum. Da hatte er mehrere Türen, nicht nur die, zu der – im Traum – Barbara strebte, lief und lief, ohne nennenswert vorwärts zu kommen. Dann befand sie sich jenseits der Tür. Von den beiden Damen, die sie erwarteten und die das Recht hatten, sie zu mustern, sich Blicke zuzuwerfen und ihr privates Gespräch erst zu Ende zu bringen, las zunächst nur die eine den Brief.

Der Brief ist geheim, wollte Barbara sagen. Sie wollte an den Lichtkreis der geheimen Lampe erinnern, an den gebeugten Rücken der Mutter, das Geräusch zerreißenden Papiers, denn die Mutter hatte geschrieben, zerrissen und wieder geschrieben. Aber es war schon zu spät: beide Köpfe beugten sich über den Brief.

Grinsen und Kichern.

So geht das aber nicht, sagte die eine. Sag mal deiner Mutter ... Da befand sich Barbara schon wieder zu Hause. Erstattete sie der Mutter Bericht, wobei sie das Gekicher in jenem Büro lieber wegließ. Du brauchst so ein Formular, um den Antrag zu stellen, und zuerst mußt du – Mutti!! Wein doch nicht, Mutti! Mutti, wein doch nicht so!

In Wirklichkeit hatte die Mutter damals nicht Geburtstag. Es war eine ganz andere Zeit, als die Mutter für einen Läufer sparte, der sich durch den Kauf einer neuen Schulmappe für Barbara noch einmal entfernte, doch im Traum war es ihr Geburtstag. Sie gingen zu zweit, einen Läufer zu kaufen, wenn schon nicht einen Teppich, so doch einen Läufer, und Burkhard war auch dabei, Burkhard hatte die Aufregung vorher miterlebt, kommt das neue Stück denn nun hier- oder dorthin, sollte man nicht lieber den kleinen Tisch dort und sollte man nicht den Fußboden streichen, und sollte man nicht und sollte man nicht. Burkhard hörte mit, was man lieber nicht sollte: Es lustig finden, wenn eine Frau neben einem Mädchen stolz siebzig Mark auf den Ladentisch legt und dafür gelassen jenen Läufer verlangt, ja, den blau gemusterten, ja, aus dem Schaufenster den; und wenn sie sich sagen lassen muß, das „M" auf dem Preisschild heiße nicht Mark, sondern Meter, wenn sie sich sagen lassen muß, es handle sich um Meterware, das sei doch ausgeschildert, deutlich genug, und wenn sie sich noch viel mehr sagen lassen muß, denn die Verkäuferin wechselt Blicke mit einem Herrn und Blicke sagen auch etwas. Wer weniger Geld hat, muß sich mehr sagen lassen, Barbara schrie es im Traum. Aber Burkhard, im Traum, wandte sich ab und ging angeln.

Würde, denkt Barbara plötzlich hellwach. Und dann sogar: natürliche Würde.

Barbara weiß endlich, was für sie maßgebend ist.

VII

Burkhard vor ihrer Haustür war übrigens gar nicht am Ende. Er, im Gegensatz zu ihr, wußte noch weiter. Er glaubte, daß sie die Haustür aufschließen und die Treppen hinaufgehen würde mit ihm. Daß sie die Couch ausklappen und das Bettzeug hervorholen würde für beide.

Er war überrascht, als sie dem Druck seiner Hand nicht folgte. Als sie nicht den Nacken beugte, nicht die Stirn auf seine Schulter legte. Bärbel! Ich sehe doch auch deine guten Seiten! Ich nehme dich eben so, wie du bist!

Es schien ihm bedenklich, daß sie sich nicht verzeihn lassen wollte. Seine Stimme klang milder. Bärbel! Aus zusammengekniffenen Augen sah er sie an. Mann, was hast du nun eigentlich. Wo siehst du denn hin.

Sie sah nirgendwo hin. Sie stand, die Türklinke wie den Lauf einer Pistole im Rücken, und starrte ins Leere. Daß er Ordnung gewöhnt ist, hatte sie eben gedacht. Daß er sich zurückhalten konnte. Wo er sich raushielt, da fiel sie rein. Wo sie etwas ernst nahm, nahm er gar nicht erst Anteil. Und daß er sich wundern wird, spricht sie aus, was sie denkt: Wäre ich nicht mit nach Pritzwalk gekommen, könnte Hannelore noch leben.

Möglich, sagte er trocken. Dann überrascht und sehr schnell: Sag mal, spinnst du? Gibst du mir jetzt die Schuld, daß sie sich umgebracht hat?

Natürlich nicht.

Von dem, was Hannelore ihr vor sieben Jahren anvertraut hatte, wußte Burkhard ja nichts. Deshalb war ihm auch so schwer begreiflich zu machen gewesen, warum sie lieber dableiben wollte. Burkhard, können wir es denn nicht verschieben?

O Mann, sei das wieder ein Einfall! Er habe seinen Eltern doch schon geschrieben, daß sie mitkomme. Wer sei ihr eigentlich wichtiger, ihre Freundin oder er!

Sie hatte sich dann, am Morgen der Abreise, mit dem Ton eines Briefes zu beruhigen versucht: „Mein Kollege hat mir ein chinesisches Horoskop vorgelesen. Das Zeichen, das mich angeblich veranlaßt, in der Liebe fest wie ein Fels zu sein, heißt bei den Chinesen nicht Stier, sondern Büffel. Aber ob Stier oder Büffel – in jedem Fall bin ich ein Rindvieh."

Mit der hellen Freude, die Barbara an Hannelores Briefen schon immer hatte, war der dunkle Verdacht in Grenzen zu halten gewesen. Ich glaub, es geht ihr schon besser, erklärte sie Burkhard. Und herkommen wird sie am nächsten Sonnabend. An dem ganz bestimmt.

Am nächsten Sonnabend war Hannelore schon tot.

Was Burkhard nicht wußte – was Hannelore in ihrer Internatszeit selbst noch nicht wußte, was sie erst später, als junge Frau Mitte Zwanzig erkannte –, war Barbara bei einem Strandspaziergang vor sieben Jahren in drei Worten mitgeteilt worden: Ich bin lesbisch.

Was bist du! (Aber Barbara hatte schon beim ersten Mal richtig gehört.)

Lesbisch. Homosexuell, wenn dir das mehr sagt.

Ach so.

Später bestritt Barbara, den Abstand zwischen Hannelore und sich damals auf mindestens einen Meter vergrößert zu haben. – Hab ich nicht. – Doch. – Unsinn. – Doch, hast du. Du hast dich benommen wie jemand, der fürchtet, jeden Augenblick in die Dünen geschleudert zu werden. Du hast dich schon als Opfer eines Notzuchtverbrechens gefühlt, gibs doch zu! – Barbara protestierte, Hannelore spottete, beide lachten.

Sieben Jahre sind eine lange Zeit. In sieben Jahren war es Barbara gelungen, sich zurechtzufinden. Da liebt eine Frau eine andere, ein Mensch einen anderen. Liebe ist immer gut. „Denn die Liebe ist von Gott, und wer liebhat, der ist von Gott geboren und kennt Gott", hatte sie einmal gelernt. Hannelore liebte, also war die Sache in Ordnung.

Nur als Barbara von der Ehe jener Eva-Marita erfuhr, war ihr Ordnungssinn noch einmal erschüttert worden. Was denn nun. Die liebte ihren Mann, aber Hannelore liebte sie auch? Und wie ging das? War die nun so wie Barbara, oder war die wie Hannelore, oder war die ... Unübersichtlich!, fand Barbara und wagte nicht, nach dem, was sie am brennendsten interessierte, zu fragen.

Auch Hannelore, in Gesprächen, ließ das Brennendste aus.

An einem Abend, im hellen Schaukelstuhl am Fenster ihrer Leipziger Wohnung sitzend, versuchte sie, Barbara zu erklären, wes Geistes Kind diese Eva-Marita sei. Sie sprach leise, nachdenklich, stockend. Die Handflächen hatte sie aneinandergelegt, die Daumen unter das Kinn gestützt, die Zeigefinger berührten die Nase. Barbara, die diese Geste an Hannelore nicht zum ersten Mal sah, dachte eifersüchtig: Sie betet sie an! – Dann entschuldigte sie sich im stillen bei der Freundin dafür. Mußte sie schon urteilen! Konnte sie denn nicht erst hören!

Auf den Einwand: Aber sie ist doch verheiratet, was hast du von ihr, wenn du sie selber nicht hast – antwortete Hannelore: Man muß nicht besitzen, um lieben zu können.

Barbara schwieg.

Zwei ganz und gar verschiedene Leben, fuhr Hannelore fort, die einander in Frage stellen. – Sie stockte wieder, dachte nach, sah dabei in den Mond, der sie steinern und fern überging. Ihr weißblondes Haar schimmerte in seinem Licht wie ein Helm.

Es zwingt uns zur Toleranz. Es macht uns besser, verstehst du?

Schon, sagte Barbara zögernd und unterdrückte ein Aber. Inzwischen hatte sie vom Dunkel genug. Sie tastete nach dem Schalter der Stehlampe. Hannelore stand auf und zog die Vorhänge zu. Vor allem, verstand Barbara, ist es ihr ernst.

Es war ernst. Es war todernst. Und Hannelore, hätte sie reden dürfen, wäre bestimmt nicht gestorben. „Man kann auch an Nadelstichen verbluten", hat Barbara kürzlich gelesen. Zu spät.

Erstaunlich fand Barbara damals, daß es so lange ging mit Eva-Marita, begreiflich, daß es nicht ging auf die Dauer. Hannelore erkannte ja selbst den springenden Punkt: was für die eine Luxus war, etwas Zusätzliches zum sich um die Familie drehenden Leben – für die andere war es das Notwendige, das, was sie wärmte und nährte.

Von Freundschaft statt von Liebe, vom Zurücktreten war in Briefen die Rede. „Damit", schrieb Hannelore, „löse ich allerdings nur ihre Probleme und noch nicht die meinen." Wer so vernünftig und tapfer ist, hätte Aufrichtigkeit wohl verdient.

Jetzt, nachdem Barbara jene Eva-Marita bei Hannelores Beerdigung gesehen hat, ist ihr Groll auf sie restlos geschwunden. Aber damals, als Hannelore ihr die Geschichte von der Kaffeesahne erzählte, war sie aufgebracht, grollte sie sehr.

Eva-Marita habe, sagte Hannelore, schon beim Versprechen im Sinn gehabt, es nicht zu halten.

Wie sie das wissen könne.

Die Kaffeesahne. Sie habe sie selber gekauft.

An jenem Montag, von dem dann die Rede war, hätten beide, Hannelore und Eva-Marita, an der Bushaltestelle gestanden. Eva-Marita sei sehr in Eile gewesen. Sie habe zu Hannelore kommen wollen am Abend, hätte vorher aber noch allerhand zu erledigen gehabt, deshalb legte sie Wert auf den schnellstmöglichen Bus. Kurz vor dessen Ankunft fiel ihr noch etwas ein. Ach du meine Güte! Sie müsse ja noch ins Milchgeschäft! Sie wollte schon die Straße überqueren, Hannelore hielt sie zurück.

Was brauchst du denn. Das kann ich dir doch holen.

Nein. Eva-Marita brauche die Kaffeesahne ja schon morgen früh.

Ja und? Du kommst doch heut abend.

Eva-Marita habe jedoch den Bus fahren lassen, sich selber die Sahne geholt und sei an jenem Abend gar nicht gekommen. Trotz ihres Grußes: Tschüß dann! Bis nachher! Trotz des kurzen Winkens hinter der Heckscheibe des abfahrenden Busses. Trotz des strahlenden Lächelns als Antwort auf Hannelores erwartungsvollfreudigen Blick.

Wie muß sie sich, hatte Hannelore leise gemeint, in letzter Zeit von mir bedrängt gefühlt haben. Wenn sie sich nur noch so zu helfen gewußt hat.

Nein. Von dem Prozeß, der in Hannelore stattfand, gegen eine Frau, deren Ankläger, Richter, Opfer und deren bester Verteidiger Hannelore selber war, konnte Barbara Burkhard nichts sagen. Nur von dem Telefongespräch erzählte sie ihm. Daß sie die Freundin noch nie so verstört erlebt habe.

Sie beschrieb ihm die Szene im Laden. Sie, Barbara, in dem schmalen Gang, der ihre Abteilung mit der Belletristikabteilung verbindet. Nicht weit davon der mit einem Vertriebsmitarbeiter redende Herr Wannwitz. Sie den

Hörer am Ohr. Privatgespräche, noch dazu im Verkaufsraum, waren verboten.

Hannelore war schlecht zu verstehn. Dem Knacken, Rauschen, Knattern, den halben Sätzen, manchmal nur Wortfetzen, entnahm Barbara, Hannelores Kater sei überfahren worden, und Hannelore wolle sie am Sonnabend besuchen. Ungewöhnlich hartnäckig – wirklich, Burkhard, das ist mir unheimlich, das ist sonst nicht ihre Art – beharrte Hannelore auf ihrer Bitte. ... mit dir reden ..., verstand Barbara, ... alles wieder gut ...

Und wie Herr Wannwitz immer öfter zu ihr herübersah. Hannelore, ich muß erst Burkhard fragen. Du, Hannelore, wir müssen uns kurz fassen, der Wannwitz ist im Laden. Der hat mir, daß ich wegen der Kasse zum Arbeitsgericht ging, noch nicht verziehen. – Ja. Hannelore, ich weiß nicht, ich frag ihn. – Aber auf jeden Fall schreib ich dir heut noch. Gleich heute abend.

Jedenfalls, sagte Barbara nach dieser Beschreibung zu Burkhard, geht es ihr ziemlich schlecht. Und sie hat sonst keinen zum Reden, doch, ihre Schwester. Aber bis Rostock – das ist ganz schön weit. Und wenn wir nun nächste Woche nach Pritzwalk ...?

Sie gehe auch ganz schön weit, fand da Burkhard. Er fasse es nicht: Weil ein Katzenvieh überfahren wurde!

Nein! Barbara schüttelte heftig den Kopf. Es ist nicht der Kater.

Was denn sonst.

Liebeskummer.

Mann, dann soll sie sich einen neuen Kerl suchen!

Das hatte Hannelore aber getan.

Nicht einen Freund, eine Freundin natürlich.

Gemeinsam mit Eva-Marita, was für Barbara Grund zur Verwunderung war, hatte sie den Text einer Annonce entworfen. Den Auftritt in der Anzeigenannahmestelle beschrieb sie Barbara in einem lustigen Brief.

Wie eine runde, bebrillte Mittfünfzigerin errötend erklärte, das gehe nicht, es gebe Bestimmungen. Wie Hannelore die Bestimmungen zu sehen verlangte. Wie die sich trotz emsigen Suchens und Blätterns in Ordnern und Broschüren nicht fanden. Wie telefonisch ein Vorgesetzter bemüht werden mußte, dem Bestimmungen, durch die Lesbierinnen von den Rechten anderer Bürger ausgeschlossen sind, unbekannt waren. Die Anzeige erschien unter „Vermischtes", und Hannelore bekam Barbaras Unmut verbrieft.

„Na weißt du! Biete zehn tragende Mutterschafe. Original-Petroleumlampen, elektrisch umgerüstet, zum Stückpreis von. Blauer Wellensittich entflogen. Und dazwischen dein Inserat!"

„Du eiferst ja wieder", schrieb Hannelore zurück. „Es gab Zeiten, in denen Homosexualität bestraft wurde. Sei froh, daß ich überhaupt inserieren darf."

Hannelore war so vernünftig.

An dem Tag, an dem die Anzeige erschien, stand aber in demselben Brief noch, sei Hannelore ganz allein essen und anschließend in die Thomaskirche zur Motette gegangen. „Der Geist hilft unsrer Schwachheit auf." Und Barbara will diese Musik nun nie wieder hören, weil sie denken muß: Immer tut er das nicht.

Es ist ja, was Geist hat, aus Fleisch und Blut.

Zu dem Film „Mit Hannelore in Leipzig", der vor ihrem inneren Auge sofort wieder ablief, als Herr Wannwitz sich ein Urteil über den Selbstmord erlaubte, gehört auch eine Folge von Bildern, die erst vor wenigen Wochen entstand. Hanneloresweißblonder Schopf im Menschengewühl auf dem Bahnsteig. Hannelore im blauen Rock und einer sportlichen blau-weiß karierten Bluse, Eis essend, auf dem Weg durch die Stadt. Hannelore, angetan mit einer Schürze, Kartoffelpuffer backend in ihrer Küche. Hannelore im Schaukelstuhl, den grauweiß gescheckten Kater auf dem Schoß.

Einen ganzen Tag fast hatte Hannelore gebraucht, ehe sie sich entschloß zu reden. Weder früh auf dem Bahnsteig, als sie einander begrüßten, noch im Café beim Frühstück, noch in den Stunden danach war ihr eine Bedrückung anzumerken gewesen.

Auf dem Querbahnsteig erkundigte sie sich freundlich nach Burkhard. Daß er in Berlin sei, nahm sie verwundert zur Kenntnis.

Heute? Am Sonnabend?

Er macht den Friedenslauf mit.

Ach so, der Friedenslauf – da waren sie schon auf der Treppe –, von dem hatte Hannelore gehört.

Burkhards Leidenschaft für Langstreckenläufe erfreute sie in diesem Fall beide. Ermöglichte sie ihnen doch, nach langer Zeit wieder – vierzehn Monate! rechnete Hannelore schnell aus – in dem Café zu sitzen, das sie noch aus ihrer Lehrzeit kannten. Sich vergnügt wieder zu vergewissern, daß Lampen, Nischen, Bogenfenster, die Stühle mit den geflochtenen Sitzen noch immer dieselben waren, die Marmortischplatten, die schweren Aschenbecher, die altmodischen Kleiderständer. Nur die Speisekarte hatte sich seither verändert. Karlsbader Schnitte gab es damals noch nicht.

Nach dem Frühstück waren sie gemächlich durch das Zentrum spaziert. Nicht weit von der Alten Börse, in der sie vor Jahren ihre Facharbeiterbriefe empfingen, kauften sie sich Eis und erinnerten sich ehemaliger Mitschüler und Dozenten.

Weißt du noch, fragte Barbara, in einen Zweikampf mit der schnell klebrig werdenden Waffel verwickelt, wie uns Frau Koch mit dem „Don Quijote" bekannt gemacht hat? Auch Hannelore beugte sich vor, und schmelzendes Vanilleeis tropfte aufs Pflaster. Fast gleichzeitig wiederholten sie den Satz, der aus dem Mund jener zurückhaltenden, vornehm-stillen Dozentin allerdings etwas merkwürdig klang: „Cervantes schrieb den ‚Don Quijote', als er gerade saß." – Die Heiterkeit damals. Die verwirrte Dozentin. Ihre Berichtigung: „Verzeihen Sie! Ich meinte, als er gezwungenermaßen sitzen mußte!" – Die Klasse war nicht mehr zu halten.

Die blasse, schlanke, dunkelhaarige Frau Koch, obwohl sie immer auf großen Abstand zu ihren Schülern bedacht war, mochten sie damals beide. Warum eigentlich. Weil sie so ein Wort wie „Noblesse" benutzte? „Beachten Sie bitte, mit welcher Noblesse Fontane ..."

Noch nicht dort, vor dem Antiquariat, in dem Hannelore arbeitete und vor dessen bronzegetönten Schaufenstern sie einen Augenblick stehenblieben, auch nicht vor dem Neuen Gewandhaus, das Barbara gern gesehen hätte, in das man aber am Vormittag nicht hinein konnte, so daß Hannelore es wenigstens zu umrunden vorschlug, sondern erst später, gegen Abend, bei Hannelore zu Hause, dachte Barbara, daß die Freundin jener Dozentin in einigem glich. Noblesse! Wie sie sich Mühe gab! Wie ängstlich sie einen Namen zu nennen vermied!

Hannelore redete, und Barbara hörte zu.

Das quält sie nun. Mein Gott, und den ganzen Tag war sie heiter!

In den langen Pausen, die Hannelore machte, denn sie fand oft keine Worte, sah Barbara die Freundin und sich noch einmal beim Mittagessen und danach beim Spaziergang. Wo führt denn diese Straße hin, Hannelore? – Nach Dösen. Eigentlich unpassend, nicht? Daß ein Ort mit einer psychiatrischen Klinik so heißt!

Vom Spaziergang zurückgekehrt, hörten sie eine Platte. Sie tauschten ihre Meinungen aus über den Chor. Barbara erzählte von der zentralen Kasse, die Herr Wannwitz nicht wollte. Ein paarmal rief Hannelore ungläubig: Nein! Dann riet sie zur Besonnenheit. Läufst du noch immer in jedes offene Messer? – Und hätte sie nicht das Buch empfohlen – „Die Erinnerungen des Hadrian", Barbara müsse es unbedingt lesen –, hätte sie nicht von der Trauer des Kaisers um Antinous mit solchem Verständnis gesprochen, wäre auch von der Trauer um den Verlust der Liebe Eva-Maritas nichts zu merken gewesen. Jetzt aber – Barbara unterbrach sie nicht, ließ sie reden. Sie fand, was sie hörte, normal. Daß aber Normales einen nicht leiden machen könnte, so denkt höchstens Herr Wannwitz! Barbara dachte bewegt, was sie noch nie gesagt hatte: Hanne!

Den Anstoß zum Reden hatte übrigens Ede gegeben. Armer Ede! Er hält meine Zudringlichkeit nicht mehr aus!

Ede – das war der Kater. Vor zwei Jahren fanden ihn Kollegen Hannelores morgens in einem aufgedeckten Gulli: ein abgemagertes, schmutziges Kätzchen. Seine Nase lief. Seine Augen waren verklebt. Zitternd und geduckt saß es auf einem Mauervorsprung. Sie nahmen es mit und setzten es Hannelore im Antiquariat auf den Tisch. Das ist Gulli-Ede. Willst du ihn nicht nehmen?

Gewollt hatte Hannelore das halbtote Tier damals nicht. Entsetzt betrachtet hatte sie es. Wie es kläglich fiepend über die Tischplatte kroch. Die Beinchen knickten ihm ein. Es fiel auf den Bauch. Sie ging zur Hausapotheke, zur Wasserleitung, kam mit Zellstoff und lauwarmem Wasser zurück und versuchte, den Winzling zu säubern. Seitdem gehört Ede zu ihr.

Und Zudringlichkeit! Was Hannelore so nannte, war ein längeres Streicheln gewesen! Hannelores schmale gepflegte Hand über Kopf und Rücken des Tieres, Kopf und Rücken, immer wieder, sehr lange. Blinzelnd und schnurrend hatte Ede es sich gefallen lassen, in ihrem Schoß zusammengerollt. Dann gefiel es ihm nicht mehr.

Er sprang federnd zu Boden, reckte und dehnte sich, streckte die Krallen. Hannelore lächelte. Barbara lächelte auch.

Dann laß ihn. Man soll Perlen nicht vor die Säue werfen. Gulli-Ede weiß nicht, was gut ist.

Hannelore, leise: Es ist nicht immer gut.

Überraschter Blick Barbaras. Nanu?

Damit war der schwierige Anfang gemacht. Schwierig für Hannelore, die etwas sagen und gleichzeitig nicht sagen wollte. Die einen Namen zu nennen vermied, und es war nicht, merkte Barbara, der Name von Eva-Marita. Die weder Ort noch Zeit preisgeben wollte, nichts, aus dem vielleicht ablesbar gewesen wäre, wer außer ihr noch verstrickt war in das Gewirk von Entbehrung, Sehnsucht, Gelegenheit, Selbstbetrug.

Barbara fragte nicht weiter. Du, das kenn ich, sagte sie nur. Das kenn ich gut, dieses Danach. Wenn man sich selbst nicht mehr mag. Wenn einem waschen, baden, duschen, wenn einem alles nichts hilft!

Das wußte Burkhard nicht, nein. Welcher Schreck Barbara später durchfuhr. Als sich die Erinnerung an den Augenblick, in dem die Freundin ihr das Gesicht wieder zuwandte, mit dem Satz des vorletzten Briefes verband: Ob Stier oder Büffel – in jedem Fall bin ich ein Rindvieh.

Hannelore, die sonst nie einen groben Ausdruck gebrauchte.

Was hat sie übersehn, überhört!

Als die Freundin sie wieder ansah, schwiegen sie für einen Augenblick beide. Blaue Augen zu weißblondem Haar. Diese Ebenmäßigkeit des Gesichts! Von der Straße drang das Schrillen einer Fahrradklingel herauf. Jungenstimmen. Dann wieder Stille.

Bei dir hab ich immer das Gefühl ..., sagte Hannelore,

unterbrach sich aber, sprach den Satz nicht zu Ende, sondern stand auf und trat ans Klavier. Gib mal her, bat sie und meinte das englische Liederbuch, das sie für Barbara aus ihrem Antiquariat gefischt hatte. Barbara reichte es ihr.

Hannelore blätterte, suchte etwas. Gut, nehmen wir das hier. Sie saß am Klavier in unvorschriftsmäßiger Haltung – mit hochgezogenen Schultern – wie immer. Wie schmal sie ist, dachte Barbara, als sie die Schulterblätter sich unter der Bluse abzeichnen sah. – Aber ich habe lange nicht gespielt. – Eine Entschuldigung für nichts! Barbara kannte das schon.

Das Lied, das Hannelore dann spielte, kannte sie auch. Mit einem deutschen Text allerdings. „Ein schöner Tag ward uns beschert", nicht „Amazing grace", wie sie – inzwischen stand sie hinter Hannelore – von der Buchseite ablas. F-Dur. Du, was heißt das eigentlich: Amazing grace.

Hannelore lernte zwar Englisch in der Schule, aber soviel konnte sie auch nicht. Sie unterbrach das Spiel. Da oben rechts steht ein Wörterbuch, bot sie an.

Gemeinsam hatten sie dann „Amazing grace" zu übersetzen versucht. „Amazing – erstaunlich, verblüffend", las Barbara vor. „Grace – Gnade, Gunst; Gnade, Verzeihung; Gnadenfrist; Grazie, Anmut; Anstand; Zierde; Tischgebet." Verblüffendes Tischgebet! rief sie und tat, als sei sie stolz auf den Einfall.

Hannelore, erfreut: Bist du aber albern.

Barbara, gelassen: Das merkst du erst jetzt?

Verblüffende Gunst. Erstaunliche Gnade. Überraschende Gunst? Verblüffende Anmut?

Entwaffnende Gunst, schlug Barbara vor. Nein, das paßt zur Melodie überhaupt nicht.

Hannelore, die Hände erneut auf den Tasten, erkundigte sich: Singst du mit?

Ich kann doch nicht Englisch.

Den deutschen Text.

Ein schöner Tag ward uns beschert, ein Tag voll Har... Aber bis zur Harmonie gelangte Barbara nicht. Bei dem Wort „uns" dehnte Hannelore das linker Hand gespielte B und das rechter Hand gespielte F in einem Maße, das der Notierung spottete, trat auch noch das Pedal und lachte dabei.

He! Was soll denn der Unfug!

Gleich darauf fiel Barbaras Blick auf die Uhr. Der Zeiger stand schon vorhin auf der Sieben. Hannelore! Kann das sein, daß die steht?

Der Quarzwecker? Nein.

Er stand aber doch. Die Batterien waren verbraucht.

Es hatte dann alles sehr schnell gehen müssen. Meine Tasche! Meine Jacke! Der Zug! Burkhard wartet! Hannelore brachte sie trotz der Eile zum Bahnhof. – Danke. Machs gut, du! – Komm bald wieder. – Nein, jetzt kommst du doch erst mal zu mir.

Und das war also von den Bildern das letzte: Hannelore, zurückbleibend auf einem erleuchteten Bahnsteig. Der blaue Rock, die blau-weiße Bluse. Das Winken. Das im Neonlicht weiß erscheinende Haar.

Und: Ein schöner Tag ward uns beschert.

Und: Ob Stier oder Büffel – in jedem Fall bin ich ein Rindvieh.

Barbaras Entsetzen beim Enden des Films.

Liebeskummer, noch dazu der einer Frau, die er nur vom Hörensagen kannte, war für Burkhard kein Grund gewesen, die Fahrt zu verschieben. Er wollte Barbara nach Pritzwalk mitnehmen und argwöhnte schon, daß sie die Bedeutung dieses Schritts nicht begriff. Er wollte sie seinen Eltern vorstellen, was für ihn doch schon fast einer Verlobung gleichkam, und sie, statt ihm beim Vorbereiten, Packen, beim Beladen des Autos zu helfen, lief am Morgen der Abfahrt zweimal mit dem Mülleimer nach unten, klagte, daß die Container auch beim zweiten Mal noch voll und die Briefkästen auch beim zweiten Mal noch leer gewesen seien; und als sie beim dritten Mal mit einem Brief zurückkam, wurde ihm mitgeteilt, es gehe ihr besser.

Wem.

Hannelore.

Welcher Hannelore.

Die uns heute besuchen wollte. Die gestern am Telefon so verstört war.

Ach die.

Im Flur lag sein Angelzeug ausgebreitet. Paß auf! Tritt mir nicht auf die Blinker! – Und Barbara, die sich erschrocken entschuldigte, daß sie nun doch auf die Blinker getreten sei, aber das waren nicht die Blinker, das waren die Wobbler! – Barbara, obwohl er ihr nachrief, was sie außer dem Angelzeug noch alles mitnehmen mußten, zog sich mit diesem Brief in die Küche zurück. So sah es aus. Für Burkhard.

Daß jener Brief aber, da Hannelore erst tags zuvor angerufen hatte, vorher geschrieben sein mußte, vor dem Telefongespräch, fiel weder ihm ein, noch ihr.

Sie saß in der Küche auf dem weißen Stuhl zwischen Spüle und Herd und las noch einmal in Ruhe, was sie schon im Treppenhaus, die Treppen hinaufstolpernd, gelesen hatte. Wie zuvor schon erschien ihr der Brief beruhigend, voller Selbstironie, grimmig-lustig. Sie öffnete sich der Lustigkeit, sie verschloß sich dem Grimm, und dann fuhr sie mit Burkhard nach Pritzwalk.

Als sie zurückkamen, war ein andrer Brief da. Der letzte.

Daß es der letzte sein würde, hat Hannelore, als sie ihn schrieb, nicht gewußt. Vom Tod war in ihm nicht die Rede. Nur von einer Todtraurigkeit, noch verstärkt durch das Telefonat.

„Ich will nicht aufgebraucht werden von meinen privaten Dingen, nicht engherzig sein, nicht eifersüchtig, nicht kleinlich. Aber wie mache ich das."

Diesen Brief – Burkhard hat ihn gelesen, vier Tage später, als von Hannelores Schwester das Telegramm kam. Er stand daneben, als Barbara in der feuchtwarmen Luft eines Blumenladens den Namen Hannelore Kanarecky buchstabierte. Was soll denn auf der Kranzschleife stehen. Die Verkäuferin, eingeschüchtert von Barbaras Miene, wagte kaum zu fragen.

Und es war Burkhard, der Barbara am Morgen der Beerdigung sein großes Taschentuch lieh. Der ihr in den schwarzen Mantel half. Den Kranz behutsam in den Kofferraum legte und sie zum Bahnhof fuhr, schweigend.

... zum Bahnhof fuhr, schweigend.

Aber beim Betriebsfest, in der Gaststätte vor etlichen Stunden, stand Burkhard nicht ihr bei, sondern Wannwitz. Er entschuldigte sich bei Herrn Wannwitz für sie. Warum du dich so aufregst, also das weiß ich echt nicht. Achselzucken und Lächeln.

Dabei kannte er doch Hannelores Brief. Barbara hat es wieder vor Augen: Hannelore, die immer wieder gehindert worden war am Telefonieren. Der Mann, der wiederholt an die Telefonzelle klopfte, der auf seine Armbanduhr wies, die Tür schließlich aufriß: Nun mach mal, Mäuschen. Ich will meine Kleine anrufen. Die ist bloß bis siebzehn Uhr da! – Barbaras Stimme, immer wieder unterbrochen von Knattern und Rauschen, muß für Hannelore schrecklich fremd und sehr fern geklungen haben: ... dein Kater überfahren ... traurig ... muß ich erst Burkhard fragen, weißt du, weil Burkhard ... Der

Mann hatte Hannelores Gespräch dann kurzerhand unterbrochen.

Als er weg war, wählte Hannelore erneut. Zum zweiten Mal Barbaras Stimme: ... uns kurz fassen ... der Wannwitz im Laden ... Dann kamen drei Jungen, die es auch eilig hatten, Sechzehn-, Siebzehnjährige, die an die Zellentür traten. Wie lange quatscht die denn noch, die Alte, die Kreatur, die!

Ist das gering?

Wenn jemand wie Hannelore sich nicht mehr zur Wehr setzt? Nicht gegen die Jungen, nicht gegen Barbaras Beschwichtigungsversuche, nicht gegen den Dämon der Traurigkeit in sich?

Eine Frau, die aufgibt, einen Hörer einhängt, eine Telefonzelle langsam verläßt.

Hannelore, die nach Hause ging, weinend. Denn sie war eine Kreatur, und sie sollte nicht reden.

VIII

Es ist leicht, zurückhaltend zu sein, wenn nichts da ist, das man zurückhalten muß. Wenn man nicht gezwungen ist, sich Hannelore überall vorzustellen. Hannelore als dunkelhäutiges, abgemagertes Kind mit vom Hungern aufgetriebenem Bauch. Hannelore, die nicht Hannelore heißt, sondern Miguel oder Fernando, in einem Land, das ihm fremd ist und wo er sich nach dem Anblick der Anden verzehrt. Hannelore als verwahrloster Alter, obdachlos, mit Zeitungen zugedeckt, auf einer Bank übernachtend. Hannelore, die unter den Zedern des Libanon ihren Mann begräbt, den man gefunden hat, eine Kugel im Kopf. Hannelore schlotternd vor Angst. Hannelore krank und sich windend vor Schmerzen. Hannelore, ihrer Hautfarbe wegen erniedrigt, geknechtet, verlassen, verachtet.

Vielleicht kann sich beherrschen, wenn Herr Wannwitz von Selbstmördern spricht, wer sich nicht der eigenen Eltern erinnern muß. Eines Waldes, durch den einmal die Mutter gerannt ist und in dem sie eine Wäscheleine nur deshalb nicht zur Schlinge geknüpft hat, weil man damals noch ein Kind war. Eines amtlichen Schreibens aus Berlin-Lichterfelde, bestätigend, daß der Tischlermeister Richard Frey dann und dann zum letzten Mal lebend gesehen wurde, bevor man ihn in seiner Küche vor geöffneten Gashähnen fand.

Ordnung muß sein. Aber Unterordnung, Burkhard, Unterordnung, in einem Maß, das ...

Burkhard, der ihre Wut nicht begriff.

Gut oder böse. Schwarz oder weiß. Entweder – oder. Für Barbara war die Sache entschieden.

Sich Hannelore an ihrer Stelle vorzustellen, verzweifelnd fast, enttäuscht, aber dennoch sich mühend, dennoch um Fassung, um Verständigung ringend – so weit zu gehen, fiel Barbara nicht ein. Barbara mühte sich nicht mehr. Barbara rang nicht mehr um Fassung.

Fassungslos, nachdem Burkhard sein Glas auf den Tisch gestellt und sich für sie bei Herrn Wannwitz entschuldigt hatte, ließ sie es geschehen, daß er ihr den Arm um die Schulter legte. Er fände es besser, wenn sie nun gingen. Daß er sie aus der Gaststätte führte wie eine Kranke. Die Stufen hinauf. Über den Flur. Durch den Saal. Die Hotelhalle war menschenleer zu der Zeit. Nur die Garderobenfrau sah, wie Barbara Burkhard die Jacke, in die er ihr helfen wollte, mit einem Ruck aus der Hand nahm. Die Drehtür. Die Gedenktafel neben der Treppe. Der lange Heimweg im Dunkeln.

Der Wannwitz, ich weiß ja, du kannst ihn nicht leiden, das ist alles. Du bist zu empfindlich. Man kann doch nicht jedes Wort auf die Goldwaage legen. Du machst ja aus allem gleich ein Problem. Ihre Haustür.

Den ganzen Heimweg über war Burkhard zu hören gewesen. Er hatte es angekündigt in Gegenwart ihrer Kollegen, im Hinausgehen, so daß alle es hörten: er müsse nun endlich einmal reden mit ihr.

Wäre ich nicht mit nach Pritzwalk gekommen... – Sag mal, spinnst du? Gibst du mir jetzt die Schuld, daß sie sich umgebracht hat?

Barbara schloß auf, schob Burkhard, der ihr folgen wollte, wortlos zurück und schloß zu.

Sie diesseits, er jenseits der Glastür.

Hast du dir das auch gut überlegt.

Also nicht als Herr Wannwitz die vier Arbeiter, deren

Namen auf der Gedenktafel stehen, und kurz nach Mitternacht sämtliche Selbstmörder noch einmal tötete, sollte sie gut überlegen können, sondern erst, als sie Burkhard von ihrem Bett ausschloß. O doch, sie hatte es sich überlegt. Diesmal ließ sie nicht mit sich reden.

Der Film, den Burkhard erzählt hatte, hieß zwar „Graf Zaroff – Genie des Bösen", aber Barbara war überzeugt davon, daß Genie zum Bösen gar nicht gehört. „Tanz durch die Nacht, tanz durch die Nacht, frag doch nicht, was geschah." Daß manchmal nur dazugehört, durch die Nacht zu tanzen und nach dem, was geschehn ist, nicht weiter zu fragen. Der Pilot von Hiroshima, den sie Herrn Wannwitz erbittert vorhielt, beantwortete viele Fragen des Reporters mit ein und demselben Satz: Darüber habe ich noch nicht nachgedacht.

Du kannst ihn nicht leiden, und das ist alles.

Es stimmt, sie kann Herrn Wannwitz nicht leiden, aber alles ist das noch nicht. Was sie an ihm nicht leiden kann, hat oft genug Folgen für andere.

Jetzt, da es draußen hell wird und ein Teil ihres Zornes verraucht ist, jetzt, da sie schon überlegt, ob sie nicht besser aufstehen sollte, jetzt ist sie auch imstande, zu erkennen, warum sich im Laufe des Abends etwas langsam und stetig gesteigert hatte in ihr. Warum aus dem Mißbehagen vor der Gedenktafel Ärger geworden war während der Rede. Die zentrale Kasse, die Herr Wannwitz so pries! Und die sie bekommen hatten, nicht weil es Versammlungen, einen Brief, eine Rechtsauskunft gab, nicht weil Barbara sich einmal, an einem Dienstagabend, im Gebäude des Kreisgerichts stürmisch mit einer gepolsterten Tür auseinandersetzte, die sie nach innen öffnen wollte und die nach außen aufging, sondern weil es eine Inventurminusdifferenz gab, weil eine Revisionskommission die Einrichtung der zentralen Kasse dringend empfahl.

Man kann doch nicht jedes Wort auf die Goldwaage legen.
Jedes nicht, nein. Jedes hatte sie ja auch gar nicht gehört.

Sie hatte auf Herrn Götze gehört, der ihr von seinen Hausmeistersorgen erzählte. Sie hatte auf die junge Frau Wolter gehört, die vom Wandel in den Geschlechterbeziehungen sprach. Von Männerrolle und Frauenrolle, von der Kreativität, die den Frauen eigen sei, nicht den Männern, denn die Frauen brächten schließlich die Kinder zur Welt. Bei aller Emanzipation, hatte die neunzehnjährige junge Frau Wolter erklärt, irgendwo, da könne man ihr sagen, was man wolle, irgendwo müsse eine Frau eine Frau bleiben. Solvejg, die grad an den Tisch kam, fragte sie: Wo denn.

Das, weiß Barbara noch, war der Zeitpunkt, an dem sie sich wieder auf die Kuckucksuhr besann. Die Frau vom Kreisvorstand der Gewerkschaft, auch einige der älteren Kollegen waren schon nach Hause gegangen. Die Zeiger rückten auf zwölf. Der Stundenschlag! Sie wollte ihn hören!

Weil sie der Uhr lauschte, die in Moll schlug, den Kuckucksruf umgekehrt, die kleine Terz aufwärts, weil sie nicht wie Burkhard, Herr Großkreuz, Herr Wannwitz und der Herr von der Zweigstelle des Bezirkes den Kopf in den Nacken gelegt hatte und die getäfelte Decke bewunderte, hörte sie nur noch den Schluß von dem, was Herr Wannwitz über den Schöpfer der Decke erzählte. Über den Tischler, der früher Gerüstbauer war, Vater von vier Kindern und von unheimlicher Intelligenz, dieser Mann. Daß dieser Mann sich umgebracht hatte und wie Herr Wannwitz die Tat jedes Selbstmörders fand.

Drei Worte: Peinlich und geschmacklos.

Klar, Sie hätten gern maßgefertigte Menschen!

Eine Frau, die auf dem Absatz herumfährt und das beinahe kreischt. Die die verdutzten Gesichter der Umstehenden, die Barbeleuchtung, den Zigarettenrauch, die Tische mit gefüllten Aschenbechern und geleerten Flaschen, die gesamte Umgebung nicht mehr sieht und, daß sie doch sachlich bleiben soll, nicht mehr hört. Die sich nicht auf Sachlichkeit, sondern auf die Sache besinnt, die große Sache, hat nicht dieser Mensch das gesagt! Hat nicht dieser Mensch da vor ihr schon ein paar Stunden zuvor ein falsches Maß angelegt: diese Männer seien für eine große Sache gestorben! – Als sei damit alles im Lot! Als sei für die große Sache zu leben nicht besser! Hat er sich nicht schon einmal ein Urteil angemaßt heute über Männer, von denen er gar nichts weiß! Und Barbara, die von jenen Männern auch nichts weiß, die sich allenfalls an ein paar Fotos in ihrem Geschichtsbuch hätte erinnern können, Max Reichpietsch und Albin Köbis, eine Deutschstunde über „Die Matrosen von Cattaro", Barbara, die von jener Zeit vor allem die Lieder kennt, „Auf, auf, zum Kampf, zum Kampf", „Es zog ein Rotgardist hinaus" und „Wir sind die erste Reihe", Barbara muß sich plötzlich als jemand in der ersten Reihe gefühlt haben, als jemand auf einer unsichtbaren Barrikade, schwer errungene Positionen verteidigend im Kampf für ein unsichtbares Vaterland, das kein Feind gefährden soll und auch nicht Herr Wannwitz. „Kein Wort mehr vom Verhandeln, das doch nicht frommen kann, ja kann, mit Luxemburg und Liebknecht…". Barbara griff an.

Bei Barbeleuchtung. Herrn Wannwitz.

Der nicht gleich begriff, warum sie ihm außer Luxemburg und Liebknecht auch noch den Piloten von Hiroshima vorhielt. Und wieso sie ihn wissen ließ, es gebe Menschen, denen es materiell gut gehe, die einen Beruf haben, Freunde, Kollegen, und denen dennoch etwas Wichtiges fehle, etwas Notwendiges. Ob er mal zuhören könne! Und die sollen also dezent in Not geraten, taktvoll verzweifeln, geschmackvoll sterben. Das verlange er doch. Nicht die Not störe ihn.

Und Herr Wannwitz, der sich, was ihn störte, nicht sagen zu lassen brauchte und schon gar nicht von ihr, von Ihnen schon gar nicht, merken Sie sich das! – Herr Wannwitz merkte auch nicht, wohin er sich mit ihr verstieg. Sie wurden immer lauter. Von der Frage, wer sie, Barbara, denn überhaupt sei und vom einfachen Volk, das schwer an den Hochöfen schufte, gingen sie zu Leuten wie Herrn Wannwitz im Weltgeschehen über. Solvejg, die anfangs noch interessiert von einem zum andern geblickt hatte – mit den Flügeln schlagen sie schon! gleich heben sie ab! –, machte ein betroffenes Gesicht. Barbaras Blicke gingen hilfesuchend zu Burkhard. Christine versuchte, Barbara am Ärmel auf den Stuhl zu ziehen. Bärbel! Hör doch auf! Bärbel, sei still! Komm, Bärbel, laß ihn! – Burkhard sagte scharf: Nun halt mal die Luft an!

Betreten richtet Barbara sich auf. Sie schlägt das Deckbett zurück, angelt mit den Füßen nach ihren Pantoffeln, steht auf, fröstelt. Wohl fühlt man sich nicht nach einer durchgrübelten Nacht.

Das hab ich ja wieder fein hingekriegt, denkt sie und geht ernüchtert ins Bad.

Burkhards Zahnbürste. Burkhards Deo. Burkhards Handtücher. Burkhards Bademantel. Burkhards Rasierzeug.

Hoffentlich hat er in seiner Wohnung auch noch Toilettensachen.

Aber eines, denkt Barbara kleinlaut und trotzig, während sie sich verzweifelt im Spiegel ansieht – eins von alldem, was ich da sonst noch geschmettert habe über Positionen und Leben und Sterben, über Verhältnisse, in denen der Mensch sein Wesen, nein, in denen er ein Wesen ist, frei, stolz, gelassen und von seinesgleichen geliebt, und welche Sache denn groß und welches Leben denn klein ist, und worin denn die Sache besteht, für die jene vier Arbeiter starben – von alldem, was ich sonst noch vorgebracht habe, während Burkhard nicht wußte, warum ich mich auf einmal so aufrege –, ist eins doch wohl richtig: Die große Sache – jetzt, am Morgen vor dem Spiegel, wußte Barbara den genauen Wortlaut nicht mehr, nur was sie gemeint hatte nachts: Die große Sache gilt doch dem kleinen Leben.

Erstveröffentlichung 1987 in der Edition Neue Texte

1. Auflage 1989
© Aufbau-Verlag Berlin und Weimar 1987
Einbandgestaltung Margot Prust
Karl-Marx-Werk, Graphischer Großbetrieb, Pößneck V 15/30
Printed in the German Democratic Republic
Lizenznummer 301. 120/38/89
Bestellnummer 613 847 8
00780

ISBN 3-351-01377-9